पेंगुइन स्वदेश

आकाशदीप

जयशंकर प्रसाद हिन्दी के प्रख्यात कवि, नाटककार, कहानीकार, उपन्यासकार तथा निबन्धकार थे। वे हिन्दी के छायावादी युग के चार प्रमुख स्तंभों में से एक हैं। उन्होंने हिंदी काव्य में एक तरह से छायावाद की स्थापना की जिसके द्वारा खड़ी बोली के काव्य में न केवल कमनीय माधुर्य की रससिद्ध धारा प्रवाहित हुई, बल्कि जीवन के सूक्ष्म एवं व्यापक आयामों के चित्रण की शक्ति भी संचित हुई और *कामायनी* तक पहुँचकर वह काव्य प्रेरक शक्तिकाव्य के रूप में भी प्रतिष्ठित हो गया। बाद के प्रगतिशील एवं नयी कविता दोनों धाराओं के प्रमुख आलोचकों ने उसकी इस शक्तिमत्ता को स्वीकृति दी। इसका एक अतिरिक्त प्रभाव यह भी हुआ कि खड़ी बोली हिन्दी काव्य की निर्विवाद सिद्ध भाषा बन गयी।

आकाशदीप

जयशंकर प्रसाद

पेंगुइन स्वदेश
पेंगुइन रैंडम हाउस इंप्रिंट

पेंगुइन स्वदेश

पेंगुइन स्वदेश, पेंगुइन रैंडम हाउस ग्रुप ऑफ़ कम्पनीज़ का हिस्सा है,
जिसका पता global.penguinrandomhouse.com पर मिलेगा

पेंगुइन रैंडम हाउस इंडिया प्रा. लि.,
चौथी मंजिल, कैपिटल टावर -1, एम जी रोड,
गुड़गांव 122 002, हरियाणा, भारत

पेंगुइन
रैंडम हाउस
इंडिया

प्रथम हिन्दी संस्करण हिन्द पॉकेट बुक्स द्वारा 1996 में प्रकाशित
यह हिन्दी संस्करण पेंगुइन स्वदेश में पेंगुइन रैंडम हाउस द्वारा 2024 में प्रकाशित

10 9 8 7 6 5 4 3 2

इस पुस्तक में व्यक्त विचार लेखक के अपने हैं, जिनका यथासंभव तथ्यात्मक
सत्यापन किया गया है, और इस संबंध में प्रकाशक एवं सहयोगी
प्रकाशक किसी भी रूप में उत्तरदायी नहीं हैं।

ISBN 9789353492496

मुद्रकः रेप्रो इंडिया लिमिटेड

www.penguin.co.in

FSC www.fsc.org
MIX
Paper from
responsible sources
FSC® C047271

This is a legitimate digitally printed version of the book and therefore might not
have certain extra finishing on the cover.

कथा-क्रम

चंदा

चैत्र, कृष्णाष्टमी का चंद्रमा अपना उज्ज्वल प्रकाश 'चंद्रप्रभा' के निर्मल जल पर डाल रहा है। गिरि-श्रेणी के तरुवर अपने रंग को छोड़कर धवलित हो रहे हैं; कल-नादिनी समीर के संग धीरे-धीरे बह रही है। एक शिला-तल पर बैठी हुई कोलकुमारी सुरीले स्वर से—'दरद दिल काहि सुनाऊँ प्यारे! दरद'... गा रही है।

गीत अधूरा ही है कि अकस्मात् एक कोलयुवक धीर-पद-संचालन करता हुआ उस रमणी के सम्मुख आकर खड़ा हो गया। उसे देखते ही रमणी की हृदयतंत्री बज उठी। रमणी बाह्य-स्वर भूलकर आंतरिक स्वर से सुमधुर संगीत गाने लगी और उठकर खड़ी हो गई। प्रणय के वेग को सहन न करके वर्षा-वारिपूरिता स्रोतस्विनी के समान कोलकुमार के कंध-कूल से रमणी ने आलिंगन किया।

दोनों उसी शिला पर बैठ गये, और निर्निमेष सजल नेत्रों से परस्पर अवलोकन करने लगे। युवती ने कहा—तुम कैसे आये?

युवक—जैसे तुमने बुलाया।

युवती—(हँसकर) हमने तुम्हें कब बुलाया? और क्यों बुलाया?

युवक—गाकर बुलाया, और दरद सुनाने के लिये।

युवती—(दीर्घ निःश्वास लेकर) कैसे क्या करूं? पिता ने तो उसी से विवाह करना निश्चय किया है।

युवक—(उत्तेजना से खड़ा होकर) तो जो कहो, मैं करने के लिये प्रस्तुत हूँ।

युवती—(चंद्रप्रभा की ओर दिखाकर) बस, यही शरण है।

युवक—तो हमारे लिए कौन दूसरा स्थान है?

युवती—मैं तो प्रस्तुत हूँ।

युवक—हम तुम्हारे पहले।

युवती ने कहा—तो चलो।

युवक ने मेघ-गर्जन-स्वर से कहा—चलो।

दोनों हाथ में हाथ मिलाकर पहाड़ी से उतरने लगे। दोनों उतरकर चंद्रप्रभा के तट पर आये, और एक शिला पर खड़े हो गये। तब युवक ने कहा—अब बिदा!

युवती ने कहा—किससे? मैं तो तुम्हारे साथ—जब तक सृष्टि रहेगी तब तक—रहूँगी।

इतने ही में शाल-वृक्ष के नीचे एक छाया दिखाई पड़ी और वह इन्हीं दोनों की ओर आती हुई दिखाई देने लगी। दोनों ने चकित होकर देखा कि एक कोल खड़ा है। उसने गंभीर स्वर से पूछा—चंदा तू यहाँ क्यों आई?

युवती—तुम पूछने वाले कौन हो?

आगंतुक युवक—मैं तुम्हारा भावी पति 'रामू' हूँ।

युवती—मैं तुमसे ब्याह न करूँगी।

आगंतुक युवक—फिर किससे तुम्हारा ब्याह होगा?

युवती ने पहले के आये हुए युवक की ओर इंगित करके कहा—इन्हीं से।

आगंतुक युवक से अब न सहा गया। घूमकर पूछा—क्यों हीरा! तुम ब्याह करोगे?

हीरा—तो इसमें तुम्हारा क्या तात्पर्य है?

रामू—तुम्हें इससे अलग हो जाना चाहिये।

हीरा—क्यों, तुम कौन होते हो?

रामू—हमारा इससे सम्बंध पक्का हो चुका है।

हीरा—पर जिससे सम्बंध होने वाला है, वह सहमत न हो, तब?

रामू—क्यों चंदा! क्या कहती हो?

चंदा—मैं तुमसे ब्याह न करूँगी।

रामू—तो हीरा से भी तुम ब्याह नहीं कर सकतीं!

चंदा—क्यों?

रामू—(हीरा से) अब हमारा-तुम्हारा फैसला हो जाना चाहिये, क्योंकि एक म्यान में दो तलवारें नहीं रह सकतीं।

इतना कहकर हीरा के ऊपर झपटकर उसने अचानक छुरे का बार किया।

हीरा यद्यपि सचेत हो रहा था; पर उसको सम्हलने में विलंब हुआ, इससे घाव लग गया, और वह वृक्ष थाम कर बैठ गया। इतने में चंदा

ज़ोर से क्रंदन कर उठी—साथ ही एक वृद्ध भील आता हुआ दिखाई पड़ा।

दो

युवती मुँह ढाँपकर रो रही है, और युवक रक्ताक्त छुरा लिये, घृणा की दृष्टि से खड़े हुए, हीरा की ओर देख रहा है। विमल चन्द्रिका में चित्र की तरह वे दिखाई दे रहे हैं। वृद्ध को जब चंदा ने देखा, तो और वेग से रोने लगी। उस दृश्य को देखते ही वृद्ध कोल-पति सब बात समझ गया, और रामू के समीप जाकर छुरा उसके हाथ से ले लिया, और आज्ञा के स्वर में कहा—तुम दोनों हीरा को नदी के समीप ले चलो।

इतना कहकर वृद्ध उन सवों के साथ आकर नदी-तट पर जल के समीप खड़ा हो गया। रामू और चंदा दोनों ने मिलकर उसके घाव को धोया और हीरा के मुँह पर छींटा दिया, जिससे उसकी मूर्छा दूर हुई। तब वृद्ध ने सब बातें हीरा से पूछीं; पूछ लेने पर रामू ने कहा—क्यों, यह सब ठीक है?

रामू ने कहा—सब सत्य है।

वृद्ध—तो तुम अब चंदा के योग्य नहीं हो, और यह छुरा भी—जिसे हमने तुम्हें दिया था—तुम्हारे योग्य नहीं है। तुम शीघ्र ही हमारे जंगल से चले जाओ, नहीं तो तुम्हारा हाल महाराज से कह देंगे, और उसका क्या परिणाम होगा सो तुम स्वयं समझ सकते हो। (हीरा की ओर

देखकर) बेटा! तुम्हारा घाव शीघ्र अच्छा हो जायेगा, घबराना नहीं, चंदा तुम्हारी ही होगी।

यह सुनकर चंदा और हीरा का मुख प्रसन्नता से चमकने लगा, पर हीरा ने लेटे-ही-लेटे हाथ जोड़कर कहा—पिता! एक बात कहनी हैं, यदि आपकी आज्ञा हो।

वृद्ध—हम समझ गये, बेटा! रामू विश्वासघाती है।

हीरा—नहीं पिता! अब वह ऐसा कार्य नहीं करेगा। आप क्षमा करेंगे, मैं ऐसी आशा करता हूँ।

वृद्ध—जैसी तुम्हारी इच्छा।

कुछ दिन के बाद जब हीरा अच्छी प्रकार से आरोग्य हो गया, तब उसका ब्याह चंदा से हो गया। रामू भी उस उत्सव में सम्मिलित हुआ, पर उसका बदन मलीन और चिंतापूर्ण था। वृद्ध कुछ ही काल में अपना पद हीरा को सौंप स्वर्ग को सिधारा। हीरा और चंदा सुख से विमल चाँदनी में बैठकर पहाड़ी झरनों का कलनाद-मय आनंद-संगीत सुनते थे।

तीन

अंशुमाली अपनी तीक्ष्ण किरणों से वन्य-देश को परितापित कर रहे हैं। मृगसिंह एक स्थान पर बैठकर, छाया-सुख में अपने बैर-भाव को भूलकर, ऊँघ रहे हैं। चंद्रप्रभा के तट पर पहाड़ी की एक गुहा में जहाँ कि छतनार पेड़ों की छाया उष्ण वायु को भी शीतल कर देती है, हीरा और चंदा बैठे हैं। हृदय के अनंत विकास से उनका

मुख प्रफुल्लित दिखाई पड़ता है। उन्हें वस्त्र के लिये वृक्षगण वल्कल देते हैं; भोजन के लिये प्याज, मेवा इत्यादि जंगली सुस्वादु फल, शीतल स्वच्छंद पवन; निवास के लिये गिरि-गुहा; प्राकृतिक झरनों का शीतल जल उनके सब अभावों को दूर करता है, और सबल तथा स्वच्छंद बनाने में ये सब सहायता देते हैं। उन्हें किसी की अपेक्षा नहीं पड़ती। अस्तु, उन्हीं सब सुखों से आनंदित व्यक्तिद्वय 'चंदप्रभा' के जल का कल-नाद सुनकर अपनी हृदय-वीणा को बजाते हैं।

चंदा—प्रिय ! आज उदासीन क्यों हो ?

हीरा—नहीं तो, मैं यह सोच रहा हूँ कि इस वन में राजा आने वाले हैं। हम लोग यद्यपि अधीन नहीं हैं, तो भी उन्हें शिकार खेलाया जाता है, और इसमें हम लोगों की कुछ हानि भी नहीं है। उसके प्रतिकार में हम लोगों को कुछ मिलता है, पर आजकल इस वन में जानवर दिखाई नहीं पड़ते। इसलिये सोचता हूँ कि कोई शेर या छोटा चीता भी मिल जाता, तो कार्य हो जाता।

चंदा—खोज किया था ?

हीरा—हाँ, आदमी तो गया है।

इतने में एक कोल दौड़ता हुआ आया, और कहा—राजा आ गये हैं और तहख़ाने में बैठे हैं। एक तेंदुआ भी दिखाई दिया है।

हीरा का मुख प्रसन्नता से चमकने लगा, और वह अपना कुल्हाड़ा सम्हालकर उस आगंतुक के साथ वहाँ पहुँचा, जहाँ शिकार का आयोजन हो चुका था।

राजा साहब झंझरी में बंदूक़ की नाल रखे हुए ताक रहे हैं। एक ओर से बाजा बज उठा। एक चीता भागता हुआ सामने से निकला।

राजा साहब ने उस पर वार किया। गोली लगी, पर चमड़े को छेदती हुई पार हो गई; इससे वह जानवर भागकर निकल गया। अब तो राजा साहब बहुत ही दुःखित हुए। हीरा को बुलाकर कहा—क्यों जी, यह जानवर नहीं मिलेगा?

उस वीर कोल ने कहा—क्यों नहीं?

इतना कहकर वह उसी ओर चला। झाड़ी में, जहाँ वह चीता घाव से व्याकुल बैठा था, वहाँ पहुँचकर उसने देखना आरम्भ किया। क्रोध से भरा हुआ चीता उस कोल-युवक को देखते ही झपटा। युवक असावधानी के कारण वार न कर सका, पर दोनों हाथों से उस भयानक जंतु की गर्दन को पकड़ लिया, और उसने भी इसके कंधे पर अपने दोनों पंजों को जमा दिया।

दोनों में बल-प्रयोग होने लगा। थोड़ी देर में दोनों ज़मीन पर लेट गये।

चार

यह बात राजा साहब को विदित हुई। उन्होंने उसकी मदद के लिए कोलों को जाने की आज्ञा दी। रामू उस अवसर पर था। उसने सबसे पहले जाने के लिए पैर बढ़ाया, और चला। वहाँ जब पहुँचा, तो उस दृश्य को देखकर घबरा गया, और हीरा से कहा—हाथ ढीला कर; जब यह छोड़ने लगे, तब गोली मारूँ, नहीं तो संभव है कि तुम्हीं को लग जाय।

हीरा—नहीं, तुम गोली मारो।

रामू—तुम छोड़ो तो मैं वार करूँ।

हीरा—नहीं, यह अच्छा नहीं होगा।

रामू—तुम उसे छोड़ो, मैं अभी मारता हूँ।

हीरा—नहीं, तुम वार करो।

रामू—वार करने से सम्भव है कि उछले और तुम्हारे हाथ छूट जायँ, तो तुमको यह तोड़ डालेगा।

हीरा—नहीं, तुम मार लो, मेरा हाथ ढीला हुआ जाता है।

रामू—तुम हठ करते हो, मानते नहीं।

इतने में हीरा का हाथ कुछ बात-चीत करते-करते ढीला पड़ा; वह चीता उछलकर हीरा की कमर को पकड़कर तोड़ने लगा।

रामू खड़ा होकर देख रहा है, और पैशाचिक आकृति उस घृणित पशु के मुख पर लक्षित हो रही है और वह हँस रहा है।

हीरा टूटी हुई साँस से कहने लगा—अब भी मार ले।

रामू ने कहा—अब तू मर ले, तब वह भी मारा जायेगा। तूने हमारा हृदय निकाल लिया है, तूने हमारा घोर अपमान किया है, उसी का प्रतिफल है। इसे भोग।

हीरा को चीता खाये डालता है; पर उसने कहा—नीच! तू जानता है कि 'चंदा' अब तेरी होगी। कभी नहीं! तू नीच है—इस चीते से भी भयंकर जानवर है।

रामू ने पैशाचिक हँसी हँसकर कहा—चंदा अब तेरी तो नहीं है, अब वह चाहे जिसकी हो!

हीरा ने टूटी हुई आवाज से कहा—तुझे इस विश्वासघात का

फल शीघ्र मिलेगा और चंदा फिर हमसे मिलेगी। चंदा ··· प्यारी ··· चं ···

इतना उसके मुख से निकला ही था कि चीते ने उसका सिर दाँतों के तले दाब दिया। रामू देखकर पैशाचिक हँसी-हँस रहा था। हीरा के समाप्त हो जाने पर रामू लौट आया, और झूठी बातें बनाकर राजा से कहा कि उसको हमारे जाने से पहले ही चीते ने मार लिया।

राजा बहुत दुखी हुए, और जंगल की सरदारी रामू को मिली।

पाँच

बसंत की राका चारों ओर अनूठा दृश्य दिखा रही है। चंद्रमा न मालूम किस लक्ष्य की ओर दौड़ा चला जा रहा है; कुछ पूछने से भी नहीं बताता। कुटज की कली का परिमल लिये पवन भी न मालूम कहाँ दौड़ रहा है; उसका भी कुछ समझ नहीं पड़ता। उसी तरह, चंद्रप्रभा के तीर पर बैठी हुई कोल-कुमारी का कोमल कंठ-स्वर भी किस धुन में है—नहीं ज्ञात होता।

अकस्मात् गोली की आवाज ने उसे चौंका दिया। गाने के समय जो उसका मुख उद्वेग और करुणा से पूर्ण दिखाई पड़ता था, वह घृणा और क्रोध से रंजित हो गया, और वह उठकर पुच्छमर्दिता सिंहनी के समान तनकर खड़ी हो गई, और धीरे से कहा—यही समय है। ज्ञात होता है, राजा इस समय शिकार खेलने पुनः आ गये हैं—बस, वह अपने वस्त्र को ठीक करके कोल-बालक बन गई, और कमर

में से एक चमचमाता हुआ छुरा निकालकर चूमा। वह चाँदनी में चमकने लगा। फिर वह कहने लगी—यद्यपि तुमने हीरा का रक्तपात कर लिया है, लेकिन पिता ने रामू से तुम्हें ले लिया है। अब तुम हमारे हाथ में हो, तुम्हें आज रामू का भी खून पीना होगा।

इतना कहकर वह गोली के शब्द की ओर लक्ष्य करके चली। देखा की तहखाने में राजा साहब बैठे हैं। शेर को गोली लग चुकी है, और वह भाग गया है, उसका पता नहीं लग रहा है, रामू सरदार है, अतएव उसको खोजने के लिये आज्ञा हुई, वह शीघ्र ही सन्नद्ध हुआ। राजा ने कहा—कोई साथी लेते जाओ।

पहले तो उसने अस्वीकार किया, पर जब एक कोल युवक स्वयं साथ चलने को तैयार हुआ, तो वह नहीं भी न कर सका, और सीधे—जिधर शेर गया था, उसी ओर चला। कोल-बालक भी उसके पीछे है। वहाँ घाव से व्याकुल शेर चिंघ्याड़ रहा है, इसने जाते ही ललकारा। उसने तत्काल ही निकलकर वार किया। रामू कम साहसी नहीं था, उसने उसके खुले हुए मुँह में निर्भीक होकर बन्दूक़ की नाल डाल दी; पर उसके ज़रा-सा मुँह घुमा लेने से गोली चमड़ा छेदकर पार निकल गई, और शेर ने क्रुद्ध होकर दाँत से बन्दूक़ की नाल दबा ली। अब दोनों एक दूसरे को ढकेलने लगे; पर कोल-बालक चुपचाप खड़ा है। रामू ने कहा—मार, अब देखता क्या है?

युवक—तुम इससे बहुत अच्छी तरह लड़ रहे हो।

रामू—मारता क्यों नहीं?

युवक—इसी तरह शायद हीरा से भी लड़ाई हुई थी, क्या तुम नहीं लड़ सकते?

रामू—कौन, चंदा! तुम हो? आह, शीघ्र मारो, नहीं तो अब यह सबल हो रहा है।

चंदा ने कहा—हाँ, लो मैं मारती हूँ, इसी छुरे से हमारे सामने तुमने हीरा को मारा था, यह वही छुरा है, यह तुझे दुःख से निश्चय ही छुड़ावेगा—इतना कहकर चंदा ने रामू की बगल में छुरा उतार दिया। वह छटपटाया। इतने ही में शेर को मौक़ा मिला, वह भी रामू पर टूट पड़ा और उसका इति कर आप भी वहीं गिर पड़ा।

चंदा ने अपना छुरा निकाल लिया, और उसको चाँदनी में रंगा हुआ देखने लगी, फिर खिलखिलाकर हँसी और कहा,—'दरद दिल काहि सुनाऊँ प्यारे'! फिर हँसकर कहा—हीरा! तुम देखते होंगे, पर अब तो यह छुरा ही दिल की दाह सुनेगा। इतना कहकर अपनी छाती में उसे भोंक लिया और उसी जगह गिर गई, और कहने लगी ··· हीरा ··· हम ··· तुमसे तुमसे ··· मिले ही ···

चंद्रमा अपने मंद प्रकाश में यह सब देख रहा था

ग्राम

टन! टन! टन! स्टेशन पर घंटी बोली।

श्रावण-मास की संध्या भी कैसी मनोहारिणी होती है! मेघ-माला-विभूषित गगन की छाया सघन रसाल-कानन में पड़ रही है। अँधियारी धीरे-धीरे अपना अधिकार पूर्व-गगन में जमाती हुई, सुशागमनकारिणी महारानी के समान, विहंग प्रजागण को सुख-निकेतन में शयन करने की आज्ञा दे रही है। आकाशरूपी शासनपत्र पर प्रकृति के हस्ताक्षर के समान बिजली की रेखा दिखाई पड़ते हैं··· ग्राम्य स्टेशन पर कहीं एक-दो दीपालोक दिखाई पड़ता है। पवन हरे-हरे निकुंजों में से भ्रमण करता हुआ झिल्ली के झनकार के साथ भरी हुई झीलों में लहरों के साथ खेल रहा है। बूँदियाँ धीरे-धीरे गिर रही हैं, जो जूही की कलियों को आर्द्र करके पवन को भी शीतल कर रही हैं।

थोड़े समय में वर्षा बंद हो गई। अंधकार-रूपी अंजन के अग्रभाग-स्थित आलोक के समान चतुर्दशी की लालिमा को लिये हुए चंद्रदेव प्राची में हरे-हरे तरुवरों की आड़ में से अपनी किरण-प्रभा दिखाने लगे। पवन की सनसनाहट के साथ रेलगाड़ी का शब्द सुनाई पड़ने लगा। सिग्नलर ने अपना कार्य किया। घंटे का शब्द उस हरे-भरे मैदान में गूंजने लगा। यात्री लोग अपनी गठरी बाँधते हुए स्टेशन पर पहुँचे। महादैत्य के लाल-लाल नेत्रों के समान अंजन-गिरिनिभ इंजिन

का अग्रस्थित रक्त-आलोक दिखाई देने लगा। पागलों के समान धड़धड़ाती हुई अपनी धुन की पक्की रेलगाड़ी स्टेशन पर पहुँच गई। धड़ाधड़ यात्री लोग उतरने-चढ़ने लगे। एक स्त्री की ओर देखकर फाटक के बाहर खड़ी हुई दो औरतें—जो उसकी सहेली मालूम देती हैं—रो रही हैं, और वह स्त्री एक मनुष्य के साथ रेल में बैठने को उद्यत है। उनकी क्रंदन-ध्वनि से स्त्री दीन-भाव से उनकी ओर देखती हुई, बिना समझे हुए, सेकंड क्लास के दर्जे में चढ़ने लगी; पर उसमें बैठे हुए बाबू साहब—यह दूसरा दर्जा है, इसमें मत चढ़ो' कहते हुए उतर पड़े, और अपना हंटर घुमाते हुए स्टेशन से बाहर होने का उद्योग करने लगे।

विलायती पिक का बिरजिस पहने, बूट चढ़ाये, हंटिंग कोट, धानी रंग का साफ़ा, अंग्रेज़ी-हिन्दुस्तानी का महासम्मेलन बाबू साहब के अंग पर दिखाई पड़ रहा है। गौर वर्ण, उन्नत ललाट—उसकी आभा को बढ़ा रहे हैं। स्टेशन मास्टर से सामना होते ही शेकहैंड करने के उपरांत बाबू साहब से बातचीत होने लगी।

स्टे॰ मा॰—आप इस वक़्त कहाँ से आ रहे हैं?

मोहन॰—कारिंदों ने इलाक़ों में बड़ा गड़बड़ मचा रक्खा है, इसलिये मैं कुसुमपुर—जो कि हमारा इलाक़ा है—इंस्पेक्शन के लिए जा रहा हूँ।

स्टे॰ मा॰—फिर कब पलटियेगा?

मोहन॰—दो रोज़ में। अच्छा, गुड इवनिंग!

स्टेशर मास्टर, जो लाइन-क्लियर दे चुके थे, गुड इवनिंग करते हुए अपने आफ़िस में घुस गये।

बाबू मोहनलाल अंग्रेज़ी काठी से सजे हुए घोड़े पर, जो पूर्व ही स्टेशन पर खड़ा था, सवार होकर चलते हुए।

दो

सरलस्वभाव ग्रामवासिनी कुलकामिनीगण का सुमधुर संगीत धीरे-धीरे आम्रकानन में से निकलकर चारों ओर गूंज रहा है। अंधकार गगन में जुगनू-तारे चमक-चमक कर चित्त को चंचल कर रहे हैं। ग्रामीण लोग अपना हल कंधे पर रखे, बिरहा गाते हुए, बैलों की जोड़ी के साथ, घर की ओर प्रत्यावर्त्तन कर रहे हैं।

एक विशाल तरुवर की शाखा में झूला पड़ा हुआ है, उस पर चार महिलाएँ बैठी हैं, और पचासों उसको घेरकर गाती हुई झूम रही हैं। झूले के पेंग के साथ 'अबकी सावन सइयाँ घर रहू रे' की सुरोली पचासों कोकिल-कंठ से निकली हुई तान पशुगणों को भी मोहित कर रही है। बालिकाएँ स्वच्छंद भाव से क्रीड़ा कर रही हैं। अकस्मात् अश्व के पद-शब्द ने उन सरला कामिनियों को चौंका दिया। वे सब देखती हैं, तो हमारे पूर्व-परिचित बाबू मोहनलाल घोड़े को रोककर उस पर से उतर रहे हैं। वे सब उनका भेष देखकर घबरा गयीं और आपस में कुछ इंगित करके चुप रह गयीं।

बाबू मोहनलाल ने निस्तब्धता को भंग किया, और बोले—भद्रे! यहाँ से कुसुमपुर कितनी दूर है? और किधर से जाना होगा? एक प्रौढ़ा ने सोचा कि 'भद्रे' कोई परिहास-शब्द तो नहीं

है, पर वह कुछ कह न सकी, केवल एक ओर दिखा कर बोली—इहाँ से डेढ़ कोस तो बाय, इहैं पैंड़वा जाई।

बाबू मोहनलाल उसी पगडंडी से चले। चलते-चलते उन्हें भ्रम हो गया, और वह अपनी छावनी का पथ छोड़कर दूसरे मार्ग से जाने लगे। मेघ घिर आये, जल वेग से बरसने लगा, अंधकार और घना हो गया। भटकते-भटकते वह एक खेत के समीप पहुँचे; वहाँ उस हरे-भरे खेत में एक ऊँचा और बड़ा मचान था, जो कि फूस से छाया हुआ था, और समीप ही में छोटा-सा कच्चा मकान था।

उस मचान पर बालक और बालिकाएँ बैठी हुई कोलाहल मचा रही थीं। जल में भीगते हुए भी मोहनलाल खेत के समीप खड़े होकर उनके आनंद-कलरव को श्रवण करने लगे।

भ्रांत होने से उन्हें बहुत समय व्यतीत हो गया। रात्रि अधिक बीत गयी। कहां ठहरें? इसी विचार में वह खड़े रहे, बूंदें कम हो गयीं। इतने में एक बालिका अपने मलिन वसन के अंचल की आड़ में दीप लिये हुए उसी मचान की ओर जाती दिखाई पड़ी।

तीन

बालिका की अवस्था 15 वर्ष की है। आलोक से उसका अंग अंधकार-घन में विद्युल्लेखा की तरह चमक रहा था। यद्यपि दरिद्रता ने उसे मलिन कर रखा है, पर ईश्वरीय सुषमा उसके कोमल अंग पर अपना निवास किये हुए है। मोहनलाल ने घोड़ा बढ़ाकर उससे कुछ पूछना चाहा, पर संकुचित होकर ठिठक गये। परन्तु पूछने के

अतिरिक्त दूसरा उपाय ही नहीं था। अस्तु, रूखेपन के साथ पूछा—कुसुमपुर का रास्ता किधर है ?

बालिका इस भव्य मूर्ति को देख कर डरी, पर साहस के साथ बोली—मैं नहीं जानती। ऐसे सरल नेत्र-संचालन से इंगित करके उसने ये शब्द कहे कि युवक को क्रोध के स्थान में हँसी आ गयी और कहने लगा—तो जो जानता हो, मुझे बतलाओ, मैं उससे पूछ लूंगा।

बालिका—हमारी माता जानती होंगी।

मोहन॰—इस समय तुम कहाँ जाती हो ?

बालिका—(मचान की ओर दिखाकर) वहाँ जो कई लड़के हैं, उनमें से एक हमारा भाई है, उसी को खिलाने जाती हूँ।

मोहन॰—बालक इतनी रात को खेत में क्यों बैठा है ?

बालिका—वह रात-भर और लड़कों के साथ खेत ही में रहता है।

मोहन॰—तुम्हारी माँ कहाँ है ?

बालिका—चलिये, मैं लिवा चलती हूँ।

इतना कहकर बालिका अपने भाई के पास गयी, और उसको खिलाकर तथा उसके पास बैठे हुए लड़कों को भी कुछ देकर उसी क्षुद्र-कुटीराभिमुख गमन करने लगी। मोहनलाल उस सरला बालिका के पीछे चले।

उस क्षुद्र कुटीर में पहुँचने पर एक स्त्री मोहनलाल को दिखाई पड़ी, जिसकी अंगप्रभा स्वर्ण-तुल्य थी, तेजोमय मुख-मण्डल, तथा ईषत् उन्नत अधर अभिमान से भरे हुए थे, अवस्था उसकी 50 वर्ष से अधिक थी। मोहनलाल की आंतरिक अवस्था, जो ग्राम्य जीवन

देखने से कुछ बदल चुकी थी, उस सरल गम्भीर तेजोमय मूर्ति को देख और भी सरल विनययुक्त हो गयी। उसने झुककर प्रणाम किया। स्त्री ने आशीर्वाद दिया और पूछा—बेटा! कहाँ से आते हो?

मोहन०—मैं कुसुमपुर जाता था, किंतु रास्ता भूल गया ··· ।

'कुसुमपुर' का नाम सुनते ही स्त्री का मुख-मंडल आरक्तिम हो गया और उसके नेत्र से दो बूंद आँसू निकल आये। वे अश्रु करुणा के नहीं, किंतु अभिमान के थे।

मोहनलाल आश्चर्यान्वित होकर देख रहे थे। उन्होंने पूछा—आपको कुसुमपुर के नाम से क्षोभ क्यों हुआ?

स्त्री—बेटा! उसकी बड़ी कथा है, तुम सुनकर क्या करोगे?

मोहन०—नहीं मैं सुनना चाहता हूँ, यदि आप कृपा करके सुनावे।

स्त्री—अच्छा, कुछ जलपान कर लो, तब सुनाऊँगी।

पुनः बालिका की ओर देख कर स्त्री ने कहा—कुछ जल पीने को ले आओ।

आज्ञा पाते ही बालिका उस क्षुद्र ग्रह के एक मिट्टी के बर्तन में से कुछ वस्तु निकाल। उसे एक पात्र में घोलकर ले आयी, और मोहनलाल के सामने रख दिया। मोहनलाल उस शर्बत को पान करके फूस की चटाई पर बैठकर स्त्री की कथा सुनने लगे।

चार

स्त्री कहने लगी—हमारे पति इस प्रांत के गण्य भूस्वामी थे, और वंश भी हम लोगों का बहुत उच्च था। जिस गाँव का अभी आपने

नाम लिया है, वहीं हमारे पति की प्रधान जमींदारी थी। कार्यवश कुंदनलाल नामक एक महाजन से कुछ ऋण लिया गया। कुछ भी विचार न करने से उनका बहुत रुपया बढ़ गया, और जब ऐसी अवस्था पहुँची तो अनेक उपाय करके हमारे पति धन जुटा कर उनके पास ले गये, तब उस धूर्त ने कहा—"क्या हर्ज है बाबू साहब! आप आठ रोज़ में आना, हम रुपया ले लेंगे, और जो घाटा होगा, उसे छोड़ देंगे, आपका इलाका फिर जायगा, इस समय रेहननामा भी नहीं मिल रहा है।" उसका विश्वास करके हमारे पति फिर बैठे रहे, और उसने कुछ भी न पूछा। उनकी उदारता के कारण वह संचित धन भी थोड़ा हो गया, और उधर उसने दावा करके इलाक़ा—जो कि वह ले लेना चाहता था—बहुत थोड़े रुपये में नीलाम करा लिया। फिर हमारे पति के हृदय में, उस इलाके के इस भाँति निकल जाने के कारण, बहुत चोट पहुँची और इसी से उनकी मृत्यु हो गयी। इस दशा के होने के उपरांत हम लोग इस दूसरे गाँव में आकर रहने लगे। यहाँ के ज़मींदार बहुत धर्मात्मा हैं, उन्होंने कुछ सामान्य 'कर' पर यह भूमि दी है, इसी से अब हमारी जीविका है।...

इतना कहते-कहते स्त्री का गला अभिमान से भर आया और कुछ कह न सकी।

स्त्री की कथा को सुनकर मोहनलाल को बड़ा दुःख हुआ। रात विशेष बीत चुकी थी, अत: रात्रि-यापन करके, प्रभात में मलिन तथा पश्चिमगामी चंद्र का अनुशरण करके, बताये हुए पथ से वह चले गये।

पर उनके मुख पर विषाद तथा लज्जा ने अधिकार कर लिया था।

कारण यह था कि स्त्री की जमींदारी हरण करने वाले, तथा उसके प्राणप्रिय पति से उसे विच्छेद कराकर इस भाँति दुःख देने वाले कुंदनलाल मोहनलाल के ही पिता थे।

शरणागत

प्रभात-कालीन सूर्य की किरणें अभी पूर्व के आकाश में नहीं दिखाई पड़ती हैं। ताराओं का क्षीण प्रकाश अभी अंबर में विद्यमान है। यमुना के तट पर दो-तीन रमणियाँ खड़ी हैं, और दो-यमुना की उन्हीं क्षीण लहरियों में, जो कि चंद्र के प्रकाश से रंजित हो रही हैं—स्नान कर रही हैं। अकस्मात् पवन बड़े वेग से चलने लगा। इसी समय एक सुंदरी, जो कि बहुत ही सुकुमारी थी, उन्हीं तरंगों में निमग्न हो गयी। दूसरी, जो कि घबराकर निकलना चाहती थी, किसी काठ का सहारा पाकर तट की ओर खड़ी हुई अपनी सखियों में जा मिली। पर वहाँ सुकुमारी नहीं थी। सब रोती हुई युमना के तट पर घूमकर उसे खोजने लगीं।

अंधकार हट गया। अब सूर्य भी दिखाई देने लगा। कुछ ही देर में उन्हें, घबराई हुई स्त्रियों को आश्वासन देती हुई, एक छोटी-सी नाव दिखाई दी। उन सखियों ने देखा कि वह सुकुमारी उसी नाव पर एक अंग्रेज और एक लेडी के साथ बैठी हुई है।

तट पर आने पर मालूम हुआ कि सिपाही-विद्रोह की गड़बड़ से भागे हुए एक संभ्रांत योरोपियन-दम्पति उस नौका के आरोही हैं। उन्होंने सुकुमारी को डूबते हुए बचाया है और इसे पहुँचाने के लिये वे लोग यहाँ तक आये हैं।

सुकुमारी को देखते ही सब सखियों ने दौड़कर उसे घेर लिया और उससे लिपट-लिपटकर रोने लगीं। अंग्रेज और लेडी दोनों ने जाना चाहा, पर वे स्त्रियाँ कब मानने वाली थी? लेडी साहिबा को रुकना पड़ा। थोड़ी देर में यह ख़बर फैल जाने से उस गाँव के ज़मींदार ठाकुर किशोर सिंह भी उस स्थान पर आ गये। अब, उनके अनुरोध करने से, विल्फ़र्ड और एलिस को उनका आतिथ्य स्वीकार करने के लिये विवश होना पड़ा क्योंकि सुकुमारी, किशोर सिंह की ही स्त्री थी, जिसे उन लोगों ने बचाया था।

दो

चंदनपुर के जमींदार के घर में, जो यमुना तट पर बना हुआ है, पाईं-बाग के भीतर, एक रविश में चार कुर्सियाँ पड़ी हैं। एक पर किशोर सिंह और दो कुर्सियों पर विल्फ़र्ड और एलिस बैठे हैं, तथा चौथी कुर्सी के सहारे सुकुमारी खड़ी है। किशोर सिंह मुस्करा रहे हैं, और एलिस आश्चर्य की दृष्टि से सुकुमारी को देख रही है। विल्फर्ड उदास हैं और सुकुमारी मुख नीचा किये हुए है। सुकुमारी ने कनखियों से किशोर सिंह की ओर देखकर सिर झुका लिया।

एलिस—(किशोर सिंह से) बाबू साहब, आप उन्हें बैठने की इजाज़त दें।

किशोर सिंह—मैं क्या मना करता हूँ?

एलिस—(सुकुमारी को देखकर) फिर वह क्यों नहीं बैठती?

किशोर सिंह—आप कहिये, शायद बैठ जाएँ।

विल्फर्ड—हाँ, आप क्यों खड़ी हैं?

बेचारी सुकुमारी लज्जा से गड़ी जाती थी।

एलिस—(सुकुमारी की ओर देखकर) अगर आप न बैठेंगी, तो मुझे बहुत रंज होगा।

किशोर सिंह—यों न बैठेंगी, हाथ पकड़कर बिठाइये।

एलिस सचमुच उठी, पर सुकुमारी एक बार किशोर सिंह की ओर वक्र दृष्टि से देखकर हँसती हुई पास की बारहदरी में भागकर चली गयी, किन्तु एलिस ने पीछा न छोड़ा। वह भी वहाँ पहुँची, और उसे पकड़ा। सुकुमारी एलिस को देख गिड़-गिड़ाकर बोली—क्षमा कीजिये, हम लोग पति के सामने कुर्सी पर नहीं बैठतीं, और न कुर्सी पर बैठने का अभ्यास ही है।

एलिस चुपचाप खड़ी रह गयी, यह सोचने लगी कि—क्या सचमुच पति के सामने कुर्सी पर बैठना चाहिये! फिर उसने सोचा—यह बेचारी जानती ही नहीं कि कुर्सी पर बैठने में क्या सुख है?

तीन

चंदनपुर के जमींदार के यहाँ आश्रय लिये हुए योरोपियन-दंपति सब प्रकार सुख से रहने पर भी सिपाहियों का अत्याचार सुनकर शंकित रहते थे। दयालु किशोर सिंह यद्यपि उन्हें बहुत आश्वासन देते, तो भी कोमल प्रकृति की सुंदरी एलिस सदा भयभीत रहती थी।

दोनों दंपति कमरे में बैठे हुए यमुना का सुंदर जल-प्रवाह देख रहे हैं, विचित्रता यह है कि 'सिगार' न मिल सकने के कारण विल्फ़र्ड साहब सटक के सड़ाके लगा रहे हैं। अभ्यास न होने के कारण सटक से उन्हें बड़ी अड़चन पड़ती थी, जिस पर सिपाहियों के अत्याचार का ध्यान उन्हें और भी उद्विग्न किये हुए था; क्योंकि एलिस का भय से पीला मुख उनसे देखा न जाता था।

इतने में बाहर कोलाहल सुनाई पड़ा। एलिस के मुख से 'ओ माई गाड' (Oh my God) निकल पड़ा और भय से वह मूर्च्छित हो गयी। विल्फ़र्ड और किशोर सिंह ने एलिस को पलंग पर लिटाया, और आप 'बाहर क्या है' सो देखने के लिये चले।

विल्फर्ड ने अपनी राइफ़ल हाथ में ले ली और साथ में जाना चाहा, पर किशोर सिंह ने उन्हें समझाकर बैठाला और आप खूँटी पर लटकती तलवार लेकर बाहर निकल गये।

किशोर सिंह बाहर आ गये, देखा तो पाँच कोस पर जो उनका सुंदरपुर ग्राम है, उसे सिपाहियों ने लूट लिया और प्रजा दुखी होकर अपने ज़मींदार से अपनी दु:ख-गाथा सुनाने आयी है। किशोर सिंह

ने सबको आश्वासन दिया, और उनके खाने-पीने का प्रबंध करने के लिये कर्मचारियों को आज्ञा देकर आप विल्फ़र्ड और एलिस को देखने के लिये भीतर चले आये।

किशोर सिंह स्वाभाविक दयालु थे और उनकी प्रजा उन्हें पिता के समान मानती थी, और उनका उस प्रांत में भी बड़ा सम्मान था। वह बहुत बड़े इलाकेदार होने के कारण छोटे-से राजा समझे जाते थे। उनका प्रेम सब पर बराबर था। किन्तु विल्फ़र्ड और सरला एलिस को भी वह बहुत चाहने लगे, क्योंकि प्रियतमा सुकुमारी की उन लोगों ने प्राण-रक्षा की थी।

चार

किशोर सिंह भीतर आये। एलिस को देखकर कहा—डरने की कोई बात नहीं है। यह मेरी प्रजा थी, समीप के सुंदरपुर गाँव में वे सब रहते हैं। उन्हें सिपाहियों ने लूट लिया है। उनका बंदोबस्त कर दिया गया है। अब उन्हें कोई तकलीफ़ नहीं।

एलिस ने लम्बी साँस लेकर आँख खोल दी, और कहा—क्या वे सब गये?

सुकुमारी—घबराओ मत, हम लोगों के रहते तुम्हारा कोई अनिष्ट नहीं हो सकता।

विल्फर्ड—क्या सिपाही रियासतों को लूट रहे हैं?

किशोर सिंह—हाँ, पर अब कोई डर नहीं है, वे लूटते हुए इधर से निकल गये।

विल्फर्ड—अब हमको कुछ डर नहीं है।

किशोर सिंह—आपने क्या सोचा?

विल्फर्ड—अब ये सब अपने भाइयों को लूटते हैं, तो शीघ्र ही अपने अत्याचार का फल पावेंगे और इनका किया कुछ न होगा।

किशोर सिंह ने गंभीर होकर कहा—ठीक है।

एलिस ने कहा—मैं आज आप लोगों के संग भोजन करूंगी।

किशोर सिंह और सुकुमारी एक-दूसरे का मुख देखने लगे। फिर किशोर सिंह ने कहा—बहुत अच्छा।

पाँच

साफ़ दालान में दो कंबल अलग-अलग दूरी पर बिछा दिये गये हैं। एक पर किशोर सिंह बैठे थे और दूसरे पर विल्फर्ड और एलिस; पर एलिस की दृष्टि बार-बार यही सोच रही थी कि किशोर सिंह के साथ सुकुमारी अभी नहीं बैठी।

थोड़ी देर में भोजन आया, पर ख़ानसामा नहीं। स्वयं सुकुमारी एक थाल लिये हैं और तीन-चार औरतों के हाथ में भी खाद्य और पेय वस्तुएँ हैं। किशोर सिंह को इशारा करने पर सुकुमारी ने वह थाल एलिस के सामने रखा, और इसी तरह विल्फर्ड और किशोर सिंह को परोस दिया गया। पर किसी ने भोजन करना नहीं आरंभ किया।

एलिस ने सुकुमारी से कहा—आप क्या यहाँ न बैठेंगी? क्या यहाँ भी कुर्सी है?

सुकुमारी परोसेगा कौन?

एलिस—ख़ानसामा।

सुकुमारी—क्यों, क्या मैं नहीं हूँ?

किशोर सिंह—ज़िद न कीजिये, यह हमारे भोजन कर लेने पर भोजन करती हैं।

एलिस ने आश्चर्य और उदासी-भरी एक दृष्टि सुकुमारी पर डाली। एलिस को भोजन कैसा लगा, सो नहीं कहा जा सकता।

भारत में शांति स्थापित हो गई है। अब विल्फर्ड और एलिस अपनी नील की कोठी पर वापस जाने वाले हैं। चंदनपुर में उन्हें बहुत दिन रहना पड़ा। नील कोठी वहाँ से दूर है।

दो घोड़े सजे-सजाये खड़े हैं और किशोर सिंह के आठ सशस्त्र सिपाही उनको पहुँचाने के लिये उपस्थित हैं। विल्फर्ड साहब किशोर सिंह से बात-चीत करके छुट्टी पा चुके हैं। केवल एलिस अभी तक भीतर से नहीं आयी। उन्हीं के आने की देर है।

विल्फ़र्ड और किशोर सिंह पाईं-बाग़ में टहल रहे थे। इतने में सात-आठ स्त्रियों के झुंड मकान से बाहर निकला। हैं! यह क्या? एलिस ने अपना गाउन नहीं पहना, उसके बदले फीरोज़ी रंग के रेशमी कपड़े का कामदानी लहँगा और मख़मल की कंचुकी, जिसके सितारे रेशमी ओढ़नी के ऊपर से चमक रहे हैं! हैं! यह क्या? स्वाभाविक अरुण अधरों में पान की लाली भी है, आँखों में काजल की रेखा भी है, चोटी भी फूलों से गूंथी जा चुकी है, और मस्तक

में सुंदर सा बाल अरुण का बिंदु भी तो है!

देखते ही किशोर सिंह खिलखिला कर हँस पड़े, और विल्फ़र्ड तो भौंचक्के-से रह गये।

किशोर सिंह ने एलिस से कहा—आपके लिये भी घोड़ा तैयार है—पर सुकुमारी ने कहा—नहीं, इनके लिये पालकी मँगा दो।

गूदड़ साईं

"साईं! ओ साईं!!" एक लड़के ने पुकारा। साईं घूम पड़ा। उसने देखा कि एक 8 वर्ष का बालक उसे पुकार रहा है।

आज कई दिन पर उस मुहल्ले में साईं दिखाई पड़ा है। साईं वैरागी था,—माया नहीं, मोह नहीं। परन्तु कुछ दिनों से उसकी आदत पड़ गयी थी कि दोपहर को मोहन के घर जाना, अपने दो-तीन गन्दे गूदड़ यत्न से रख कर उन्हीं पर बैठ जाता और मोहन से बातें करता। जब कभी मोहन उसे ग़रीब और भिखमंगा जानकर माँ से अभिमान करके पिता की नज़र बचा कर कुछ साग-रोटी लाकर दे देता, तब उस साईं के मुख पर पवित्र मैत्री के भावों का साम्राज्य हो जाता। गूदड़ साईं उस समय 10 बरस के बालक के समान अभिमान, सराहना और

उलाहना के आदान-प्रदान के बाद उसे बड़े चाव से खा लेता; मोहन की दी हुई एक रोटी उसकी अक्षय-तृप्ति का कारण होती।

एक दिन मोहन के पिता ने देख लिया। वह बहुत बिगड़े। वह थे कट्टर आर्यसमाजी, 'ढोंगी फ़कीरों पर उनकी साधारण और स्वाभाविक चिढ़ थी।' मोहन को डाँटा कि वह इन लोगों के साथ बातें न किया करे। साईं हँस पड़ा, चला गया।

उसके बाद आज कई दिन पर साईं आया और वह जान-बूझकर उस बालक के मकान की ओर नहीं गया; परन्तु पढ़ कर लौटते हुए मोहन ने उसे देखकर पुकारा और वह लौट भी आया।

"मोहन !"

"तुम आजकल आते नहीं ?"

"तुम्हारे बाबा बिगड़ते थे।"

"नहीं, तुम रोटी ले जाया करो।"

"भूख नहीं लगती।"

"अच्छा, कल ज़रूर आना; भूलना मत !"

"इतने में एक दूसरा लड़की साईं का गूदड़ खींचकर भागा। गूदड़ लेने के लिए साईं उस लड़के के पीछे दौड़ा। मोहन खड़ा देखता रहा, साईं आँखों से ओझल हो गया।

चौराहे तक दौड़ते-दौड़ते साईं को ठोकर लगी, वह गिर पड़ा। सिर से ख़ून बहने लगा। खिझाने के लिए जो लड़का उसका गूदड़ लेकर भागा था, वह डर से ठिठका रहा। दूसरी ओर से मोहन के पिता ने उसे पकड़ लिया, दूसरे हाथ से साईं को पकड़ कर उठाया।

नटखट लड़के के सर पर चपत पड़ने लगी; साईं उठकर खड़ा हो गया।

"मत मारो, मत मारो, चोट आती होगी!" साईं ने कहा—और लड़के को छुड़ाने लगा! मोहन के पिता ने साईं से पूछा—"तब चीथड़े के लिए दौड़ते क्यों थे?"

सिर फटने पर भी जिसको रुलाई नहीं आयी थी, वह साईं लड़के को रोते देखकर रोने लगा। उसने कहा— "बाबा मेरे पास, दूसरी कौन वस्तु है, जिसे देकर इन 'रामरूप' भगवान् को प्रसन्न करता!"

"तो क्या तुम इसीलिए गूदड़ रखते हो?"

"इस चीथड़े को लेकर भागते हैं भगवान् और मैं उनसे लड़ कर छीन लेता हूँ; रखता हूँ फिर उन्हीं से छिनवाने के लिए, उनके मनोविनोद के लिए। सोने का खिलौना तो उचक्के भी छीनते हैं, पर चीथड़ों पर भगवान् ही दया करते हैं!" इतना कहकर बालक का मुँह पोंछते हुए मित्र के समान गलबाँही डाले हुए साईं चला गया।

मोहन के पिता आश्चर्य से बोले—"गूदड़ साईं! तुम निरे गूदड़ नहीं; गुदड़ी के लाल हो!!"

पाप की पराजय

घने हरे कानन के हृदय में पहाड़ी नदी झिर-झिर करती बह रही है। गाँव से दूर, बन्दूक़ लिये हुए शिकारी के वेश में, घनश्याम दूर बैठा है। एक निरीह शशक मारकर प्रसन्नता से पतली-पतली लकड़ियों में उसका जलना देखता हुआ प्रकृति की कमनीयता के साथ वह बड़ा अन्याय कर रहा है। किन्तु उसे दायित्वविहीन विचारपति की तरह बेपरवाही है। जंगली जीवन का आज उसे बड़ा अभिमान है। अपनी सफलता पर आप ही मुग्ध होकर मानव-समाज की शैशवावस्था की पुनरावृत्ति करता हुआ निर्दय घनश्याम उस अधजले जन्तु से उदर भरने लगा। तृप्त होने पर वन की सुधि आई। चकित होकर देखने लगा कि यह कैसा रमणीय देश है। थोड़ी देर में तंद्रा ने उसे दबा दिया। वह कोमल वृत्ति विलीन हो गयी। स्वप्न ने उसे फिर उद्वेलित किया। निर्मल जल-धारा से धुले हुए पत्तों का घना कानन, स्थान-स्थान पर कुसुमित कुंज, आन्तरिक और स्वाभाविक आलोक में उन कुञ्जों की कोमल छाया, हृदय-स्पर्शकारी शीतल पवन का संचार, अस्फुट आलेख्य के समान उसके सामने स्फुरित होने लगे।

घनश्याम को सुदूर से मधुर झंकार-सी सुनाई पड़ने लगी। उसने अपने को व्याकुल पाया। देखा तो एक अद्भुत दृश्य! इन्द्रनील की पुतरी फूलों से सजी हुई झरने के उस पार पहाड़ी से उतर कर बैठी

है। उसके सहल-कुञ्चित केश से वन्य कुरुवक्र कलियाँ कूद-कूद कर जल-लहरियों से क्रीड़ा कर रही हैं। घनश्याम को वह वनदेवी-सी प्रतीत हुई। यद्यपि उसका रंग कंचन के समान नहीं, फिर भी गठन साँचे में ढला हुआ है। आकर्ण विस्तृत क्षेत्र नहीं, तो भी उनमें एक स्वाभाविक राग है। यह कवि की कल्पना-सी कोई स्वर्गीया आकृति नहीं, प्रत्युत एक भिल्लिनी है। तब भी इसमें सौन्दर्य नहीं है, यह कोई साहस के साथ नहीं कर सकता। घनश्याम ने तंद्रा से चौंककर उस सहज सौन्दर्य को देखा और विषम समस्या में पड़कर यह सोचने लगा—"क्या सौन्दर्य उपासना की ही वस्तु है, उपभोग की नहीं?" इस प्रश्न को हल करने के लिए उसने हंटिंग कोट के पाकेट का सहारा लिया। क्लान्तिहारिणी का पान करने पर उसकी आँखों पर रंगीन चश्मा चढ़ गया। उसकी तन्द्रा का यह काल्पनिक स्वर्ग धीरे-धीरे विलास-मन्दिर में परिणत होने लगा। घनश्याम ने देखा कि अद्‌भुत रूप, यौवन की चरम-सीमा और स्वास्थ्य का मनोहर संस्करण रंग बदलकर पाप ही सामने आया।

पाप का यह रूप, जब वह वासना को फाँस कर अपनी ओर मिला चुकता है, बड़ा कोमल अथवा कठोर एवं भयानक होता है और तब पाप का मुख कितना सुन्दर होता है! सुन्दर ही नहीं, आकर्षक भी, वह भी कितना प्रलोभन-पूर्ण और कितना शक्तिशाली, जो अनुभव में नहीं आ सकता। उसमें विजय का दर्प भरा रहता है। वह अपने एक मृदु मुस्कान से सुदृढ़ विवेक की अवहेलना करता है। घनश्याम ने धोखा खाया और क्षण भर में वह सरल सुषमा विलुप्त होकर उद्दीपन का अभिनय करने लगी। यौवन ने भी उस समय काम से मित्रता कर

ली। पाप की सेना और उसका आक्रमण प्रबल हो चला। विचलित होते ही घनश्याम को पराजित होना पड़ा। वह आवेश में बाँहें फैला कर झरने को पार करने लगा।

नील की पुतली ने उस ओर देखा भी नहीं। युवक की मांसल पीन भुजायें उसे आलिंगन किया ही चाहती थीं कि ऊपर पहाड़ी पर से शब्द सुनाई पड़ा—"क्यों नीला, कब तक यहीं बैठी रहेगी? मुझे देर हो रही है। चल, घर चलें।

घनश्याम ने सिर उठा कर देखा तो ज्योतिर्मयी दिव्य मूर्ति रमणी सुलभ पवित्रता का ज्वलन्त प्रमाण, केवल यौवन से ही नहीं, बल्कि कला की दृष्टि से भी, दृष्टिगत हुई। किन्तु आत्म-गौरव का दुर्ग किसी की सहज़ पाप-वासना को वहाँ फटकने नहीं देता था। शिकारी घनश्याम लज्जित तो हुआ ही, पर वह भयभीत भी था। पुण्य-प्रतिमा के सामने पाप की पराजय हुई। नीला ने घबराकर कहा—"रानी जी, आती हूँ। ज़रा मैं थक गयी थी।" रानी और नीला दोनों चली गयीं। अबकी बार घनश्याम ने फिर सोचने का प्रयास किया—"क्या सौन्दर्य उपभोग के लिए नहीं, केवल उपासना के लिए है?" खिन्न होकर वह घर लौटा। किन्तु बार-बार वह घटना याद आती रही। घनश्याम कई बार उसे झरने पर क्षमा माँगने गया। किन्तु वहाँ उसे कोई न मिला।

दो

जो कठोर सत्य है, जो प्रत्यक्ष है, जिसकी प्रचण्ड लपट अभी नदी में प्रतिभाषित हो रही है, जिसकी गर्मी इस शीतल रात्रि में भी अंक में अनुभूत हो रही है, उसे असत्य या उसे कल्पना कह कर उड़ा देने के लिए घनश्याम का मन हठ कर रहा है।

थोड़ी देर पहले जब (नदी पर से मुक्त आकाश में एक टुकड़ा बादल का उठ आया था) चिता लग चुकी थी, घनश्याम आग लगाने को उपस्थित था। उसकी स्त्री चिता पर अतीत निद्रा में निमग्न थी। निठुर हिन्दू-शास्त्र की कठोर आज्ञा से जब वह विद्रोह करने लगा था, उसी समय घनश्याम को सान्त्वना हुई, उसने अचानक मूर्खता से अग्नि लगा दी। उसे ध्यान हुआ कि बादल बरस कर निर्दय चिता को बुझा देंगे, उसे जलने न देंगे। किन्तु व्यर्थ? चिता ठंडी होकर और भी ठहर-ठहर कर सुलगने लगी, क्षण भर में जल कर राख न होने पायी।

घनश्याम ने हृदय में सोचा कि यदि हम मुसलमान या ईसाई होते तो? आह! फूलों से मिली हुई मुलायम मिट्टी में इसे सुला देते, सुन्दर समाधि बनाते, आजीवन प्रति सन्ध्या को दीप जलाते, फूल चढ़ाते, कविता पढ़ते, रोते, आँसू बहाते, किसी तरह दिन बीत जाते। किन्तु यहां कुछ भी नहीं। हत्यारा समाज! कठोर धर्म! कुत्सित व्यवस्था! इनसे क्या आशा? चिता जलने लगी।

तीन

श्मशान से लौटते समय घनश्याम ने साथियों को छोड़कर जंगल की ओर पैर बढ़ाया। जहाँ प्रायः शिकार खेलने जाया करता, वहीं जाकर बैठ गया। आज वह बहुत दिनों पर इधर आया है। कुछ ही दूरी पर देखा कि साखू के वृक्ष की छाया में एक सुकुमार शरीर पड़ा है। सिरहाने तकिया का काम हाथ दे रहा है। घनश्याम ने अभी कड़ी चोट खायी है। करुण-कमल का उसके आर्द्र मानस में विकास हो गया। उसने समीप जाकर देखा कि वह रमणी और कोई नहीं है, वही रानी है, जिसे उसने बहुत दिन हुए एक अनोखे ढंग में देखा था। घनश्याम की आहट पाते ही रानी उठ बैठी। घनश्याम ने पूछा—"आप कौन हैं? क्यों यहाँ पड़ी हैं?"

रानी—"मैं केतकी-बन की रानी हूँ।"

"तब ऐसे क्यों?"

"समय की प्रतीक्षा में पड़ी हूँ।"

"कैसा समय?"

"आप से क्या काम? क्या शिकार खेलने आये हैं?"

"नहीं देवी! आज स्वयं शिकार हो गया हूँ।"

"तब तो आप शीघ्र ही शहर की ओर पलटेंगे। क्या किसी भिल्लनी के नयन-बाण लगे हैं? किन्तु नहीं, मैं भूल कर रही हूँ। उन बेचारियों को क्षुधाज्वाला ने जला रक्खा है। ओह, वह गढ़े में धँसी हुई आँखें अब किसी को आकर्षित करने का सामर्थ्य नहीं रखती! हे भगवान, मैं किसलिए पहाड़ी से उतर कर आयी हूँ।"

"देवी! आपका अभिप्राय क्या है, मैं समझ न सका। क्या ऊपर आकाल है, दुर्भिक्ष है?"

"नहीं-नहीं, ईश्वर का प्रकोप है, पवित्रता का अभिशाप है, करुणा की बीभत्स मूर्ति का दर्शन है।"

"तब आपकी क्या इच्छा है?"

"मैं वहाँ की रानी हूँ। मेरे वस्त्र-आभूषण-भण्डार में जो कुछ था, सब बेच कर तीन महीने किसी प्रकार उन्हें खिला सकी, अब मेरे पास इस वस्त्र को छोड़कर और कुछ नहीं रहा कि विक्रय करके एक भी क्षुधित पेट की ज्वाला बुझाती, इसलिए ··· ।"

"क्या?"

"शहर चलूँगी। सुना है कि वहाँ रूप का भी दाम मिलता है। यदि कुछ मिल सके ···"

"तब?"

"तो इसे भी बेच दूँगी। अनाथ बालकों को इससे कुछ तो सहायता पहुँच सकेगी। क्यों, क्या मेरा रूप बिकने के योग्य नहीं है?"

युवक घनश्याम इसका उत्तर देने में असमर्थ था। कुछ दिन पहले वह अपना सर्वस्व देकर भी ऐसा रूप क्रय करने को प्रस्तुत हो जाता। आज वह अपनी स्त्री के वियोग में बड़ा ही सीधा, धार्मिक, निरीह एवं परोपकारी हो गया था। आर्त्त मुमुक्षु की तरह उसे न जाने किस वस्तु की खोज थी।

घनश्याम ने कहा—"मैं क्या उत्तर दूँ?"

"क्यों? क्या दाम न लगेगा? हाँ तुम भी आज किस वेश में हो? क्या सोचते हो? बोलते क्यों नहीं?"

"मेरी स्त्री का शरीरान्त हो गया।"

"तब तो अच्छा हुआ, तुम नगर के धनी हो। तुम्हें तो रूप की आवश्यकता होती होगी। क्या इसे क्रय करोगे?"

घनश्याम ने हाथ जोड़कर सिर नीचा कर लिया। तब उस रानी ने कहा—"उस दिन तो एक भिल्लनी के रूप पर मरते थे। क्यों, आज क्या हुआ?"

"देवी, मेरा साहस नहीं है—वह पाप का वेग था।"

"छि: पाप के लिए साहस था और पुण्य के लिए नहीं?"

घनश्याम रो पड़ा और बोला—"क्षमा कीजिएगा। पुण्य किस प्रकार सम्पादित होता है, मुझे नहीं मालूम। किन्तु इसे पुण्य कहने में···।"

"संकोच होता है। क्यों?"

इसी समय दो-तीन बालक, चार-पांच स्त्रियाँ और छ:-सात भील अनाहारक्लिष्ट, शीर्ण कलेवर पवन से हिलते-डुलते रानी के सामने आकर खड़े हो गये।

रानी ने कहा—"क्यों अब पाप की परिभाषा करोगे?"

घनश्याम ने काँप कर कहा—"नहीं, प्रायश्चित करूँगा, उस दिन के पाप का प्रायश्चित।"

युवक घनश्याम वेग से उठ खड़ा हुआ—"बहिन तुमने मेरे जीवन को अवलम्ब दिया है। मैं निरुद्देश्य हो रहा था। कर्त्तव्य नहीं सूझ पड़ता था। आपको रूप-विक्रय न करना पड़ेगा। देवी! मैं सन्ध्या तक आ जाऊँगा।"

"सन्ध्या तक?"

"और भी पहले।"

बालक रोने लगे—"रानी माँ, अब नहीं रहा जाता।" घनश्याम से भी नहीं रहा गया, वह भागा।

घनश्याम की पापभूमि, देखते-देखते गाड़ी और छकड़ों से भर गयी, बाज़ार लग गया, रानी के प्रबन्ध में घनश्याम ने वहीं पर आकाल-पीड़ितों की सेवा आरम्भ कर दी।

जो घटना उसे बार-बार स्मरण होती थी, उसी का यह प्रायश्चित था। घनश्याम ने उसी भिल्लनी को प्रधान प्रबन्ध करने वाली देखकर आश्चर्य किया। उसे न जाने क्यों हर्ष और उत्साह दोनों हुए।

खँडहर की लिपि

जब बसन्त की पहली लहर अपना पीला रंग सीमा की खेतों पर चढ़ा लायी, काली कोयल ने उसे बरजना आरम्भ किया और भौंरे गुनगुना कर काना-फूँसी करने लगे, उसी समय एक समाधि के पास लगे हुए गुलाब ने मुँह खोलने का उपक्रम किया। किन्तु किसी युवक के चंचल हाथ ने उसका हौसला भी तोड़ दिया। दक्षिण पवन ने उससे कुछ झटक लेना चाहा, बिचारे की पंखुड़ियाँ झड़ गयी। युवक ने इधर-उधर देखा। एक उदासी और अभिलाषामयी शून्यता ने उसकी प्रत्याशी दृष्टि को कुछ उत्तर न दिया। वसन्त-पवन का

एक भारी झोंका 'हा-हा' करता उसकी हँसी उड़ाता चला गया।

सटी हुई टेकरी की टूटी-फूटी सीढ़ी पर युवक चढ़ने लगा। पचास सीढ़ियाँ चढ़ने के बाद वह ब़गल की पुरानी दालान में विश्राम लेने के लिए ठहर गया। ऊपर जो जीर्ण मन्दिर था, उसका ध्वंसावशेष देखने को वह बार-बार जाता था। उस भग्न स्तूप से युवक को आमन्त्रित करती हुई 'आओ आओ' की अपरिस्फुट पुकार बुलाया करती। जाने कब के अतीत ने उसे स्मरण कर रखा है। मण्डप के भग्न कोण में एक पत्थर के ऊपर न जाने कौन-सी लिपी थी, जो किसी कोरदार पत्थर में लिखी गयी थी। वह नागरी तो कदापि नहीं थी। युवक ने आज फिर उसी ओर देखते-देखते उसे पढ़ना चाहा। बहुत देर तक घूमता-घूमता वह थक गया था, इससे उसे निद्रा आने लगी। वह स्वप्न देखने लगा।

कमलों का कमनीय विकास झील की शोभा को द्विगुणित कर रहा है। उसके आमोद के साथ वीणा की झनकार, झील के स्पर्श के शीतल और सुरभित पवन में भर रही थी। सुदूर प्रतीचि में एक सहस्रदल स्वर्ण-कमल अपनी शेष स्वर्णकिरण की भी मृणाल पर व्योम-निधि में खिल रहा है। वह लज्जित होना चाहता है। वीणा के तारों पर उसकी अन्तिम आभा की चमक पड़ रही है। एक आनन्दपूर्ण विषाद से युवक अपनी चंचल अँगुलियों को नचा रहा है। एक दासी स्वर्णपात्र में केसर, अगुरु, चन्दन-मिश्रित अंगराग और नवमल्लिका की माला, कई ताम्बूल लिये हुए आयी, प्रणाम करके उसने कहा—"महाश्रेष्ठि धनमित्र की कन्या ने श्रीमान् के लिए उपहार भेजकर प्रार्थना की है

कि आज के उद्यान गोष्ठ में आप अवश्य पधारने की कृपा करें। आनन्द विहार के समीप उपवन में आपकी प्रतीक्षा करती हुई कामिनी देवी बहुत देर तक रहेंगी।"

युवक ने विरक्त होकर कहा—"अभी कई दिन हुए हैं, मैं सिंहल से आ रहा हूँ, मेरा पोत समुद्र में डूब गया है। मैं ही किसी तरह बचा हूँ। अपनी स्वामिनी से कह देना कि मेरी अभी ऐसी अवस्था नहीं है कि मैं उपवन के आनन्द का उपयोग कर सकूँ।"

"तो प्रभु, क्या मैं यही उत्तर दे दूँ?" दासी ने कहा।

"हाँ, और यह भी कह देना कि—तुम सरीखी अविश्वासिनी स्त्रियों से मैं और भी दूर भागना चाहता हूँ, जो प्रलय के समुद्र की प्रचण्ड आँधी में एक जर्जर पोत से भी दुर्बल और उस डुबा देने वाली लहर से भी भयानक है।" युवक ने अपनी वीणा सँवारते हुए कहा।

"वे उस उपवन में कभी की जा चुकी हैं, और हमसे यह भी कहा है कि यदि वे गोष्ठ में न आना चाहें, तो स्तूप की सीढ़ी के विश्राम-मण्डप में मुझसे एक बार अवश्य मिल लें, मैं निर्दोष हूँ।" दासी ने सविनय कहा।

युवा ने रोष-भरी दृष्टि से देखा। दासी प्रणाम करके चली गयी। सामने का एक कमल सन्ध्या के प्रभाव से कुम्हला रहा था। युवक को प्रतीत हुआ कि वह धन-मित्र की कन्या का मुख है। उससे मकरन्द नहीं, अश्रु गिर रहे हैं। 'मैं निर्दोष हूँ', यही भौंरे भी गूँजकर कर रहे हैं।

युवक ने स्वप्न में चौंक कर कहा—"मैं जाऊँगा।" आँख न खोलने

पर भी उसने उसे जीर्ण दालान की लिपी पढ़ ली—"निष्ठुर! अन्त को तुम नहीं आये।" युवक सचेत होकर उठने को था कि वह कई सौ बरस की पुरानी छत धम से गिरी।

वायुमण्डल में—"आओ-आओ" का शब्द गूँजने लगा।

दुखिया

पहाड़ी देहात, जंगल के किनारे के गाँव और बरसात का समय! वह भी उषाकाल! बड़ा ही मनोरम दृश्य था। रात की वर्षा से आम के वृक्ष सराबोर थे। अभी पत्तों से पानी ढुलक रहा था। प्रभात के स्पष्ट होने पर भी धुँधले प्रकाश में सड़क के किनारे आम्रवृक्ष के नीचे बालिका कुछ देख रही थी। 'टप' से शब्द हुआ, बालिका उछल पड़ी, गिरा हुआ आम उठाकर अञ्चल में रख लिया। (जो पाकेट की तरह खोंस कर बना हुआ था।)

दक्षिण पवन ने अनजान में फल से लदी हुई डालियों से अठखेलियाँ कीं। उसका सञ्चित धन अस्त-व्यस्त हो गया। दो-चार गिर पड़े। बालिका उषा की किरणों के समान ही खिल पड़ी। उसका अञ्चल भर उठा। फिर भी आशा में खड़ी रही। व्यर्थ प्रयास जान कर लौटी, और अपनी झोंपड़ी की ओर चल पड़ी। फूस की झोंपड़ी में बैठा हुआ उसका अन्धा बूढ़ा बाप अपनी फूटी हुई चिलम सुलगा रहा था। दुखिया

ने आते ही आँचल से सात आमों में से पाँच निकाल कर बाप के हाथ में रख दिये। और स्वयं बरतन माँजने के लिए 'डबरे' की ओर चल पड़ी।

बरतनों का विवरण सुनिए, एक फूटी बटुली, एक लोंहदी और लोटा, यही उस दिन परिवार का उपकरण था। डबरे के किनारे छोटी-सी शिला पर अपने फटे हुए वस्त्र सँभाले हुए बैठ कर दुखिया ने बरतन मलना आरम्भ किया।

दो

अपने पीसे हुए बाजरे के आटे की रोटी पका कर दुखिया ने बूढ़े बाप को खिलाया और स्वयं बचा हुआ खा-पीकर पास ही के महुए के वृक्ष की फैली जड़ों पर सिर रख कर लेट रही। कुछ गुनगुनाने लगी। दुपहरी ढल गयी। अब दुखिया उठी और खुरपी-जाला लेकर घास छोलने चली। ज़मींदार के घोड़े के लिए घास वह रोज़ दे आती थी, कठिन परिश्रम से उसने अपने काम भर घास कर लिया, फिर उसे डबरे में रख कर धोने लगी।

सूर्य की सुनहली किरणें बरसाती आकाश पर नवीन चित्रकार की तरह कई प्रकार के रंग लगाना सीखने लगीं। अमराई और ताड़-वृक्षों की छाया उस शाद्वल जल में पड़कर प्राकृतिक चित्र का सृजन करने लगी। दुखिया को विलम्ब हुआ, किन्तु अभी उसकी घास धो नहीं गयी, उसे जैसे इसकी कुछ परवाह न थी। इसी समय घोड़े की टापों के शब्द ने उसकी एकाग्रता को भंग किया।

ज़मींदार कुमार संध्या को हवा खाने के लिए निकले थे। वेगवान 'बालोतरा' जाति का कुम्मेद पचकल्यान आज गरम हो गया था। मोहनसिंह से बेक़ाबू होकर वह बगटुट भाग रहा था। संयोग! जहाँ पर दुखिया बैठी थी, उसी के समीप ठोकर लेकर घोड़ा गिरा। मोहनसिंह भी बुरी तरह घायल होकर गिरे। दुखिया ने मोहनसिंह की सहायता की। डबरे से जल लाकर घावों को धोने लगी। मोहन ने पट्टी बाँधी, घोड़ा भी उठ कर शान्त खड़ा हुआ। दुखिया उसे टहलाने लगी थी। मोहन ने कृतज्ञता की दृष्टि से दुखिया को देखा, वह एक सुशिक्षित युवक था। उसने दरिद्र दुखिया को उसकी सहायता के बदले ही रुपया देना चाहा। दुखिया ने हाथ जोड़कर कहा—"बाबूजी, हम तो आप ही के गुलाम हैं। इसी घोड़े को घास देने से हमारी रोटी चलती है।"

अब मोहन ने दुखिया को पहिचाना। उसने पूछा—

"क्या तुम रामगुलाम की लड़की हो?"

"हाँ, बाबूजी।"

"वह बहुत दिनों से दिखता नहीं!"

"बाबूजी, उनकी आँखों से दिखाई नहीं पड़ता।"

"अहा, हमारे लड़कपन में वह हमारे घोड़े को, जब हम उस पर बैठते थे, पकड़ कर टहलाता था। वह कहाँ है?"

"अपनी मड़ई में।"

"चलो, हम वहाँ तक चलेंगे।"

किशोर दुखिया को कौन जाने क्यों संकोच हुआ, उसने कहा—"बाबूजी, घास पहुँचाने में देर हुई है। सरकार बिगड़ेंगे।"

"कुछ चिन्ता नहीं; तुम चलो।"

लाचार होकर दुखिया घास का बोझा सिर पर रखे हुए झोंपड़ी की ओर चल पड़ी। घोड़े पर मोहन पीछे-पीछे था।

"रामगुलाम, तुम अच्छे तो हो?"

"राज! सरकार! जुग-जुग जीओ बाबू!" बूढ़े ने बिना देखे अपनी टूटी चारपाई से उठते हुए दोनों हाथ अपने सिर तक ले जाकर कहा।

"रामगुलाम, तुमने पहचान लिया?"

"न कैसे पहचानें, सरकार! यह देह पली है।" उसने कहा।

"तुमको कुछ पेन्शन मिली है कि नहीं?"

"आप ही का दिया खाते हैं, बाबूजी! अभी लड़की हमारी जगह पर घास देती है।"

भावुक नवयुवक ने फिर प्रश्न किया, "क्यों रामगुलाम, जब इसका विवाह हो जायेगा, तब कौन घास देगा?"

रामगुलाम के आनन्दाश्रु दु:ख की नदी होकर बहने लगे। बड़े कष्ट से उसने कहा—"क्या हम सदा जीते रहेंगे?"

अब मोहन से नहीं रहा गया, वहीं दो रुपये उस बुढ्डे को देकर चलते बने। जाते-जाते कहा—"फिर कभी।"

दुखिया को भी घास लेकर वहीं जाना था। वह पीछे चली।

ज़मींदार की पशुशाला थी। हाथी, ऊँट, घोड़ा, बुलबुल, भैंसा, गाय, बकरै, बैल, लाल, किसी की कमी नहीं थी। एक दुष्ट नज़ीम ख़ाँ इन सबों का निरीक्षक था। दुखिया को देर से आते देखकर उसे अवसर मिला। बड़ी नीचता से उसने कहा—"मारे जवानी के तेरा मिजाज़

हीं नहीं मिलता! कल से तेरी नौकरी बंद कर दी जायगी। इतनी देर?"

दुखिया कुछ नहीं बोलती, किन्तु उसको अपने बूढ़े बाप की याद आ गयी। उसने सोचा, किसी तरह नौकरी बचानी चाहिए, परन्तु कह बैठी—

"छोटे सरकार घोड़े पर से गिर पड़े रहे। उन्हें मड़ई तक पहुँचाने में देर ⋯।"

"चुप हरामज़ादी! तभी तो तेरा मिजाज़ और बिगड़ा है। अभी बड़े सरकार के पास चलते हैं।"

वह उठा और चला। दुखिया ने घास का बोझा पटका और रोती हुई झोंपड़ी की ओर चलती हुई। राह चलते-चलते उसे डबरे का सायंकालीन दृश्य स्मरण होने लगा। वह उसी में भूल कर अपने घर पहुँच गई।

आकाशदीप

"बंदी!"

"क्या है? सोने दो।"

"मुक्त होना चाहते हो?"

"अभी नहीं, निद्रा खुलने पर, चुप रहो।"

"फिर अवसर न मिलेगा।"

"बड़ा शीत है, कहीं से एक कंबल डालकर कोई शीत से मुक्त करता।"

"आँधी की सम्भावना है। यही अवसर है। आज मेरे बन्धन शिथिल हैं।"

"तो क्या तुम भी बन्दी हो?"

"हाँ, धीरे बोलो, इस नाव पर केवल दस नाविक और प्रहरी हैं।"

"शस्त्र मिलेगा?"

"मिल जायेगा। पोत से सम्बद्ध रज्जु काट सकोगे?"

"हाँ।"

समुद्र में हिलोरें उठने लगीं। दोनों बंदी आपस में टकराने लगे। पहले बंदी ने अपने को स्वतन्त्र कर लिया। दूसरे का बन्धन खोलने का प्रयत्न करने लगा। लहरों के धक्के एक-दूसरे को स्पर्श से पुलकित कर रहे थे। मुक्ति की आश—स्नेह का असंभावित आलिंगन। दोनों ही अन्धकार में मुक्त हो गये। दूसरे बन्दी ने हर्षातिरेक से उसको गले से लगा लिया। सहसा उस बन्दी ने कहा—"यह क्या? तुम स्त्री हो?"

"क्या स्त्री होना कोई पाप है?"—अपने को अलग करते हुए स्त्री ने कहा।

"शस्त्र कहाँ है—तुम्हारा नाम?"

"चंपा।"

तारक-खचित नील अम्बर और समुद्र के अवकाश में पवन ऊधम

मचा रहा था। अन्धकार से मिलकर पवन दुष्ट हो रहा था। समुद्र में आंदोलन था। नौका लहरों में विकल थी। स्त्री सतर्कता से लुढ़कने लगी। एक मतवाले नाविक के शरीर से टकराती हुई सावधानी से उसका कृपाण निकालकर, फिर लुढ़कते हुए, बंदी के समीप पहुँच गई। सहसा पोत से पथ-प्रदर्शक ने चिल्लाकर कहा—"आँधी !"

आपत्ति-सूचक तूर्य बजने लगा। सब सावधान होने लगे। बन्दी युवक उसी तरह पड़ा रहा। किसी ने रस्सी पकड़ी, कोई पाल खोल रहा था। पर युवक बन्दी ढुलककर उस रज्जु के पास पहुँचा, जो पोत से संलग्न थी। तारे ढँक गये। तरंगें उद्वेलित हुईं, समुद्र गरजने लगा। भीषण आँधी, पिशाचिनी के समान नाव को अपने हाथों में लेकर कंदुक-क्रीड़ा और अट्टहास करने लगी।

एक झटके के साथ ही नाव स्वतन्त्र थी। उस संकट में भी दोनों बंदी खिल-खिलाकर हँस पड़े। आँधी के हाहाकार में उसे कोई न सुन सका।

दो

अनन्त जलनिधि में उषा का मधुर आलोक फूट उठा। सुनहली किरणों और लहरों की कोमल सृष्टि मुस्कराने लगी। सागर शांत था। नाविकों ने देखा, पोत का पता नहीं। बंदी मुक्त हैं।

नायक ने कहा—"बुधगुप्त ! तुमको मुक्त किसने किया ?"

कृपाण दिखाकर बुधगुप्त ने कहा—"इसने।"

नायक ने कहा—"तो तुम्हें फिर बन्दी बनाऊँगा।"

"किसके लिए? पोताध्यक्ष मणिभद्र अतल जल में होगा—नायक! अब इस नौका का स्वामी मैं हूँ।"

"तुम? जलदस्यु बुधगुप्त? कदापि नहीं।"—चौंक कर नायक ने कहा और वह अपना कृपाण टटोलने लगा? चंपा ने इसके पहले उस पर अधिकार कर लिया था। वह क्रोध से उछल पड़ा।

"तो तुम द्वन्द्वयुद्ध के लिए प्रस्तुत हो जाओ; जो विजयी होगा, वह स्वामी होगा।"—इतना कहकर बुधगुप्त ने कृपाण देने का संकेत किया। चंपा ने कृपाण नायक के हाथ में दे दिया।

भीषण घात-प्रतिघात आरम्भ हुआ। दोनों कुशल, दोनों त्वरित गतिवाले थे। बड़ी निपुणता से बुधगुप्त ने अपना कृपाण दाँतों से पकड़कर अपने दोनों हाथ स्वतन्त्र कर लिये। चंपा भय और विस्मय से देखने लगी। नाविक प्रसन्न हो गये। परन्तु बुधगुप्त ने लाघव से नायक का कृपाण वाला हाथ पकड़ लिया और विकट हुंकार से दूसरा हाथ कटि में डाल, उसे गिरा दिया। दूसरे ही क्षण प्रभात की किरणों में बुधगुप्त का विजयी कृपाण उसके हाथों में चमक उठा। नायक की कातर आँखें प्राण-भिक्षा माँगने लगीं।

बुधगुप्त ने कहा—"बोलो, अब स्वीकार है कि नहीं?"

"मैं अनुचर हूँ, वरुणदेव की शपथ। मैं विश्वासघात नहीं करूँगा।" बुधगुप्त ने उसे छोड़ दिया।

चंपा ने युवक जलदस्यु के समीप आकर उसके क्षतों को अपनी स्निग्ध दृष्टि और कोमल करों से वेदना-विहीन कर दिया। बुधगुप्त के सुगठित शरीर पर रक्त-बिंदु विजय-तिलक कर रहे थे।

विश्राम लेकर बुधगुप्त ने पूछा "हम लोग कहाँ होंगे ?"

"बालीद्वीप से बहुत दूर, सम्भवत: एक नवीन द्वीप के पास, जिसमें अभी हम लोगों का बहुत कम आना-जाना होता है। सिंहल के वणिकों का वहाँ प्राधान्य है।"

"कितने दिनों में हम लोग वहाँ पहुँचेंगे ?"

"अनुकूल पवन मिलने पर दो दिन में। तब तक के लिए खाद्य का अभाव न होगा।"

सहसा नायक ने नाविकों को डाँट लगाने की आज्ञा दी, और स्वयं पतवार पकड़कर बैठ गया। बुधगुप्त के पूछने पर उसने कहा—"यहाँ यह जलमग्न शैलखण्ड है। सावधान न रहने से नाव टकराने का भय है।"

तीन

"तुम्हें इन लोगों ने बंदी क्यों बनाया ?"

"वणिक मणिभद्र की पाप-वासना ने।"

"तुम्हारा घर कहाँ है ?"

"जाह्नवी के तट पर। चंपा-नगरी की एक क्षत्रिय बालिका हूँ। पिता इसी मणिभद्र के यहाँ प्रहरी का काम करते थे। माता का देहावसान हो जाने पर मैं भी पिता के साथ नाव पर ही रहने लगी। आठ बरस से समुद्र ही मेरा घर है। तुम्हारे आक्रमण के समय मेरे पिता ने ही सात दस्युओं को मारकर जल-समाधि ली। एक मास हुआ, मैं इस

नील नभ के नीचे, नील जलनिधि के ऊपर, एक भयानक अनंतता में निस्सहाय हूँ—अनाथ हूँ। मणिभद्र ने मुझसे एक दिन घृणित प्रस्ताव किया। मैंने उसे गालियाँ सुनाईं। उसी दिन से बन्दी बना दी गई।"—चम्पा रोष से जल रही थी।

"मैं भी ताम्रलिप्ति का एक क्षत्रिय हूँ, चम्पा! परन्तु दुर्भाग्य से जलदस्यु बन कर जीवन बिताता हूँ। अब तुम क्या करोगी?"

"मैं अपने अदृष्ट को अनिर्दिष्ट ही रहने दूँगी। वह जहाँ ले जाय।"—चम्पा की आँखें निस्सीम प्रदेश में निरुद्देश्य थीं। किसी आकांक्षा के लाल डोरे न थे। धवल अपांगों में बालकों के सदृश विश्वास था। हत्या-व्यवसायी दस्यु भी उसे देखकर काँप गया। उसके मन में संभ्रमपूर्ण श्रद्धा यौवन की पहली लहरों को जगाने लगी। समुद्र-वक्ष पर विलम्बमयी राग-रंजित संध्या थिरकने लगी। चम्पा के असंयत कुंतल उसकी पीठ पर बिखरे थे। दुर्दान्त दस्यु ने देखा, अपनी महिमा में अलौकिक एक तरुण बालिका! वह विस्मय से अपने हृदय को टटोलने लगा। उसे एक नई वस्तु का पता चला। वह थी—कोमलता!

उसी समय नायक ने कहा—"हम लोग द्वीप के पास पहुँच गये।"

बेला से नाव टकराई। चम्पा निर्भीकता से कूद पड़ी। माँझी भी उतरे। बुधगुप्त ने कहा—"जब इसका कोई नाम नहीं है, तो हम लोग इसे चम्पा-द्वीप कहेंगे।"

चम्पा हँस पड़ी।

चार

पाँच बरस बाद—

शरद के धवल नक्षत्र नील गगन में झिलमिला रहे थे। चन्द्र की उज्ज्वल विजय पर अंतरिक्ष में शरदलक्ष्मी ने आशीर्वाद के फूलों और खीलों को बिखेर दिया।

चम्पा के एक उच्चसौध पर बैठी हुई तरुणी चम्पा दीपक जला रही थी। बड़े यत्न से अभ्रक की मंजूषा में दीप धर कर उसने अपनी सुकुमार उँगलियों से डोरी खींची। वह दीपाधार ऊपर चढ़ने लगा। भोली-भोली आँखें उसे ऊपर चढ़ते बड़े हर्ष से देख रही थीं। डोरी धीरे-धीरे खींची गई। चम्पा की कामना थी कि उसका आकाशदीप नक्षत्रों से हिलमिल जाय; किन्तु वैसा होना असंभव था। उसने आशा-भरी आँखें फिरा लीं।

सामने जल-राशि का रजत शृंगार था। वरुण बालिकाओं के लिए लहरों से हीरे और नीलम की क्रीड़ा शैल-मालायें बन रही थीं—और वे मायाविनी छलनायें अपनी हँसी का कलनाद छोड़कर छिप जाती थीं। दूर-दूर से धीवरों का वंशी-झनकार उनके संगीत-सा मुखरित होता था। चम्पा ने देखा कि तरल संकुल जल-राशि में उसके कंडील का प्रतिबिम्ब अस्त-व्यस्त था! यह अपनी पूर्णता के लिए सैंकड़ों चक्कर काटता था। वह अनमनी होकर उठ खड़ी हुई। किसी को पास न देखकर पुकारा—"जया!"

एक श्यामा युवती सामने आकर खड़ी हुई। वह जंगली थी। नील

नभोमण्डल-से मुख में शुद्ध नक्षत्रों की पंक्ति के समान उसके दाँत हँसते ही रहते। वह चम्पा को रानी कहती; बुधगुप्त की आज्ञा थी।

"महानाविक कब तक आवेंगे, बाहर पूछो तो।" चम्पा ने कहा। जया चली गयी।

दूरागत पवन चम्पा के अंचल में विश्राम लेना चाहता था। उसके हृदय में गुदगुदी हो रही थी। आज न जाने क्यों बेसुध थी। एक दीर्घकाय दृढ़ पुरुष ने उसकी पीठ पर हाथ रखकर चमत्कृत कर दिया। उसने फिर कर कहा—"बुधगुप्त!"

"बावली हो क्या? यहाँ बैठी हुई अभी तक दीप जला रही हो, तुम्हें यह काम करना है?"

"क्षीरनिधिशायी अनंत की प्रसन्नता के लिए क्या दासियों से आकाशदीप जलवाऊँ?"

"हँसी आती है। तुम किसको दीप जलाकर पथ दिखलाना चाहती हो? उसको, जिसको तुमने भगवान् मान लिया है?"

"हाँ, वह भी कभी भटकते हैं, भूलते हैं; नहीं तो बुधगुप्त को इतना ऐश्वर्य क्यों देते?"

"तो बुरा क्या हुआ, इस द्वीप की अधीश्वरी चम्पा रानी!"

"मुझे इस बन्दीगृह से मुक्त करो। अब तो बाली, जावा और सुमात्रा का वाणिज्य केवल तुम्हारे ही अधिकार में है महानाविक! परन्तु मुझे उन दिनों की स्मृति सुहावनी लगती है, जब तुम्हारे पास एक ही नाव थी और चम्पा के उपकूल में पुण्य लादकर हम लोग सुखी जीवन बिताते थे—इस जल में अगणित बार हम लोगों की तरी आलोकमय प्रभात में तारिकाओं की मधुर ज्योति में थिरकती थी।

बुधगुप्त! उस विजन अनंत में जब माँझी सो जाते थे, दीपक बुझ जाते थे, हम-तुम परिश्रम से थक कर पालों में शरीर लपेट कर एक-दूसरे का मुँह क्यों देखते थे? वह नक्षत्रों की मधुर छाया—"

"तो चम्पा! अब उससे भी अच्छे ढंग से हम लोग विचर सकते हैं। तुम मेरी प्राणदात्री हो, मेरी सर्वस्व हो।"

"नहीं-नहीं, तुमने दस्युवृत्ति छोड़ दी, परन्तु हृदय वैसा ही अकरुण, सतृष्ण और ज्वलनशील है। तुम भगवान के नाम पर हँसी उड़ाते हो। मेरे आकाशदीप पर व्यंग कर रहे हो। नाविक! उस प्रचंड आँधी में प्रकाश की एक-एक किरण के लिए हम लोग कितने व्याकुल थे। मुझे स्मरण है, जब मैं छोटी थी, मेरे पिता नौकरी पर समुद्र में जाते थे—मेरी माता, मिट्टी का दीपक बाँस की पिटारी में भगीरथी के तट पर बाँस के साथ ऊँचे टाँग देती थी। उस समय वह प्रार्थना करती—'भगवान्! मेरे पथ-भ्रष्ट नाविक को अंधकार में ठीक पथ पर ले चलना।' और जब मेरे पिता बरसों पर लौटते तो कहते—'साध्वी! तेरी प्रार्थना से भगवान ने संकटों में मेरी रक्षा की है।' वह गद्गद हो जाती। मेरी माँ? आह नाविक! यह उसी की पुण्य-स्मृति है। मेरे पिता, वीर पिता की मृत्यु के निष्ठुर कारण, जल-दस्यु! हट जाओ।"—सहसा चम्पा का मुख क्रोध से भीषण होकर रंग बदलने लगा। महानाविक ने कभी यह रूप न देखा था। वह उठाकर हँस पड़ा।

"यह क्या, चम्पा? तुम अस्वस्थ हो जाओगी, सो रहो।"—कहता हुआ चला गया। चम्पा मुट्ठी बाँधे उन्मादिनी-सी घूमती रही।

पाँच

निर्जन समुद्र के उपकूल में वेला से टकराकर लहरें बिखर जाती थीं। पश्चिम का पथिक थक गया था। उसका मुख पीला पड़ गया। अपनी शान्त गंभीर हलचल में जलनिधि विचार में निमग्न था। वह जैसे प्रकाश की उन्मलिन किरणों से विरक्त था।

चम्पा और जया धीरे-धीरे उस तट पर आकर खड़ी हो गईं। तरंग से उठते हुए पवन ने उनके वसन को अस्त-व्यस्त कर दिया। जया के संकेत से एक छोटी-सी नौका आई। दोनों के उस पर बैठते ही नाविक उतर गया। जया नाव खेने लगी। चम्पा मुग्ध-सी समुद्र के उदास वातावरण में अपने को मिश्रित कर देना चाहती थी।

"इतना जल! इतनी शीतलता! हृदय की प्यास न बुझी। पी सकूँगी? नहीं! तो जैसे वेला में चोट खाकर सिन्धु चिल्ला उठता है, उसी के समान रोदन करूँ? या जलते हुए स्वर्ण-गोलक सदृश अनंत जल में डूबकर बुझ जाऊँ?"—चम्पा के देखते-देखते पीड़ा और ज्वलन से आरक्त बिम्ब धीरे-धीरे सिन्धु में चौथाई—आधा, फिर सम्पूर्ण विलीन हो गया। एक दीर्घ निश्वास लेकर चम्पा ने मुँह फेर लिया। देखा, तो महानाविक का बजरा उसके पास है। बुधगुप्त ने झुककर हाथ बढ़ाया। चम्पा उसके सहारे बजरे पर चढ़ गई। दोनों पास-पास बैठ गये।

"इतनी छोटी नाव पर इधर घूमना ठीक नहीं। पास ही वह जलमग्न शैलखंड है। कहीं नाव टकरा जाती या ऊपर चढ़ जाती, चम्पा तो?"

"अच्छा होता, बुधगुप्त! जल में बन्दी होना कठोर प्राचीरों से तो अच्छा है।"

"आह चम्पा, तुम कितनी निर्दय हो! बुधगुप्त को आज्ञा देकर देखो तो, वह क्या नहीं कर सकता। जो तुम्हारे नए द्वीप की सृष्टि कर सकता है, नई प्रजा खोज सकता है, नए राज्य बना सकता है, उसकी परीक्षा लेकर देखो तो···। कहो, चम्पा! वह कृपाण से अपना हृदय-पिंड निकाल अपने हाथों अतल जल में विसर्जन कर दे।"—महानाविक—जिसके नाम से बाली, जावा और चम्पा का आकाश गूँजता था, पवन थर्राता था—घुटनों के बल चम्पा के सामने छलछलाई आँखों से बैठा था।

सामने शैलमाला की चोटी पर हरियाली में विस्तृत जल-देश में, नील पिंगल संध्या, प्रकृति की सहृदय कल्पना, विश्राम की शीतल छाया, स्वप्नलोक का सृजन करने लगी। उस मोहिनी के रहस्यपूर्ण नीलजाल का कुहक स्फुट हो उठा। जैसे मदिरा से सारा अंतरिक्ष सिक्त हो गया! सृष्टि नील कमलों में भर उठी। उस सौरभ से पागल चम्पा ने बुधगुप्त के दोनों हाथ पकड़ लिये। वहाँ एक आलिंगन हुआ, जैसे क्षितिज में आकाश और सिंधु का। किन्तु परिरंभ में सहसा चैतन्य होकर चम्पा ने अपनी कंचुकी से एक कृपाण निकाल लिया।

"बुधगुप्त! आज मैं अपने प्रतिशोध का कृपाण अतल जल में डुबो देती हूँ। हृदय ने छल किया, बार-बार धोखा दिया!"—चमककर वह कृपाण समुद्र का हृदय बेधता हुआ विलीन हो गया।

"तो आज मैं विश्वास करूँ, क्षमा कर दिया गया?"—आश्चर्य-कंपित कंठ से महानाविक ने पूछा।

"विश्वास ? कदापि नहीं, बुधगुप्त ! जब मैं अपने हृदय पर विश्वास नहीं कर सकी, उसी ने धोखा दिया, तब मैं कैसे कहूँ ? मैं तुम्हें घृणा करती हूँ, फिर भी तुम्हारे लिए मर सकती हूँ। अंधेर है जलदस्यु। तुम्हें प्यार करती हूँ।"—चम्पा रो पड़ी।

वह स्वप्नों की रंगीन संध्या, तमसे अपनी आँखें बन्द करने लगी थी। दीर्घ निश्वास लेकर महानाविक ने कहा—"इस जीवन की पुण्यतम घड़ी की स्मृति में एक प्रकाश-गृह बनाऊँगा, चम्पा ! यहीं उस पहाड़ी पर। संभव है कि मेरे जीवन की धुंधली संध्या उससे आलोकपूर्ण हो जाय !"

छः

चम्पा के दूसरे भाग में एक मनोरम शैलमाला थी। वह बहुत दूर तक सिंधुजल में निमग्न थी। सागर का चंचल जल उस पर उछलता हुआ उसे छिपाये था। आज उसी शैलमाला पर चम्पा के आदि-निवासियों का समारोह था। उन सबों ने चम्पा को वनदेवी-सा सजाया था। ताम्रलिप्ति के बहुत से सैनिक नाविकों की श्रेणी में वन-कुसुम-विभूषिता चम्पा शिविकारूढ़ होकर जा रही थी।

शैल के एक ऊँचे शिखर पर चम्पा के नाविकों को सावधान करने के लिए सुदृढ़ दीप-स्तम्भ बनवाया गया था। आज उसी का महोत्सव है। बुधगुप्त स्तम्भ के द्वार पर खड़ा था। शिविका से सहायता लेकर चम्पा को उसने उतारा। दोनों ने भीतर पदार्पण किया था कि बाँसुरी

और ढोल बजने लगे। पंक्तियों में कुसुम-भूषण से सजी वन-बालाएँ फूल उछालती हुई नाचने लगीं।

दीप-स्तम्भ की ऊपरी खिड़की से यह देखती हुई चम्पा ने जया से पूछा—"यह क्या है जया? इतनी बालाएँ कहाँ से बटोर लाईं?"

"आज रानी का ब्याह है न?"—कहकर जया ने हँस दिया।

बुधगुप्त विस्तृत जलनिधि की ओर देख रहा था। उसने झकझोर कर चम्पा ने पूछा—"क्या यह सच है?

"यदि तुम्हारी इच्छा हो, तो यह सच भी हो सकता है, चम्पा! कितने वर्षों से मैं ज्वालामुखी को अपनी छाती में दबाये हूँ।"

"चुप रहो, महानाविक! क्या मुझे निस्सहाय और कंगाल जानकर तुमने आज सब प्रतिशोध लेना चाहा?"

"मैं तुम्हारे पिता का घातक नहीं हूँ, चम्पा! वह एक दूसरे दस्यु के शस्त्र से मरे!"

"यदि मैं इसका विश्वास कर सकती। बुधगुप्त, वह दिन कितना सुन्दर होता, वह क्षण कितना स्पृहणीय! आह! तुम इस निष्ठुरता में भी कितने महान् होते!"

जया नीचे चली गई थी। स्तम्भ के संकीर्ण प्रकोष्ठ में बुधगुप्त और चम्पा एकांत में एक-दूसरे के सामने बैठे थे।

बुधगुप्त ने चम्पा के पैर पकड़ लिये। उच्छ्वसित शब्दों में वह कहने लगा—चम्पा, हम लोग जन्मभूमि—भारतवर्ष से कितनी दूर इन निरीह प्राणियों में इंद्र और शची के समान पूजित हैं। पर न जाने कौन अभिशाप हम लोगों को अभी तक अलग किए है। स्मरण होता है वह दार्शनिकों का देश! वह महिमा की प्रतिमा! मुझे वह स्मृति

नित्य आकर्षित करती है; परन्तु मैं क्यों नहीं जाता? जानती हो, इतना महत्त्व प्राप्त करने पर भी मैं कंगाल हूँ! मेरा पत्थर-सा हृदय एक दिन सहसा तुम्हारे स्पर्श से चन्द्रकान्तमणि की तरह द्रवित हुआ।

"चम्पा! मैं ईश्वर को नहीं मानता, मैं पाप को नहीं मानता, मैं दया को नहीं समझ सकता, मैं उस लोक में विश्वास नहीं करता। पर मुझे अपने हृदय के एक दुर्बल अंश पर श्रद्धा हो चली है। तुम न जाने कैसे एक बहकी हुई तारिका के समान मेरे शून्य में उदित हो गई हो। आलोक की एक कोमल रेखा इस निविड़तम में मुस्कराने लगी। पशु-बल और धन के उपासक के मन में किसी शान्त और एकान्त कामना की हँसी खिलखिलाने लगी; पर मैं न हँस सका।

"चलोगी चम्पा? पोतवाहिनी पर असंख्य धनराशि लादकर राजरानी-सी जन्मभूमि के अंक में? आज हमारा परिणय हो, कल ही हम लोग भारत के लिए प्रस्थान करें। महानाविक बुधगुप्त की आज्ञा सिंधु की लहरें मानती हैं। वे स्वयं उस पोत-पुंज को दक्षिण पवन के समान भारत में पहुँचा देंगी। आह चम्पा! चलो।"

चम्पा ने उसके हाथ पकड़ लिये। किसी आकस्मिक झटके ने एक पलभर के लिए दोनों के अधरों को मिला दिया। सहसा चैतन्य होकर चम्पा ने कहा—बुधगुप्त! मेरे लिए सब मिट्टी है; सब जल तरल है; सब पवन शीतल है। कोई विशेष आकांक्षा हृदय में अग्नि के समान प्रज्वलित नहीं। सब मिलाकर मेरे लिए एक शून्य है। प्रिय नाविक! तुम स्वदेश लौट जाओ, विभवों का सुख भोगने के लिए, और मुझे, छोड़ दो इन निरीह भोले-भाले प्राणियों के दुःख की सहानुभूति और सेवा के लिए।"

"तब मैं अवश्य चला जाऊँगा, चम्पा! यहाँ रहकर मैं अपने हृदय पर अधिकार रख सकूँ—इसमें सन्देह है। आह! उन लहरों में मेरा विनाश हो जाय।"—महानाविक के उच्छ्वास में विकलता थी। फिर उसने पूछा—"तुम अकेली यहाँ क्या करोगी?"

"पहले विचार था कि कभी इस दीप-स्तम्भ पर से आलोक जला कर अपने पिता की समाधि का इस जल से अन्वेषण करूँगी। किन्तु देखती हूँ, मुझे भी इसी में जलना होगा, जैसे आकाश-दीप।"

सात

एक दिन स्वर्ण-रहस्य के प्रभात में चम्पा ने अपने दीप-स्तम्भ पर से देखा—सामुद्रिक नावों की एक श्रेणी चम्पा का उपकूल छोड़कर पश्चिम-उत्तर की ओर महा जल-व्याल के समान संतरण कर रही है। उसकी आँखों में आँसू बहने लगे।

यह कितनी ही शताब्दियों पहले की कथा है। चम्पा आजीवन उस दीप-स्तम्भ में आलोक जलाती रही। किन्तु उसके बाद भी बहुत दिन, दीपनिवासी, उस माया-ममता और स्नेह-सेवा की देवी की समाधि-सदृश पूजा करते थे।

एक दिन काल के कठोर हाथों ने उसे भी अपनी चंचलता से गिरा दिया।

ममता

रोहतास-दुर्ग के प्रकोष्ठ में बैठी हुई युवती ममता, शोण के तीक्ष्ण गम्भीर प्रवाह को देख रही है। ममता विधवा थी। उसका यौवन शोण के समान ही उमड़ रहा था। मन में वेदना, मस्तक में आँधी, आँखों में पानी की बरसात लिये, वह सुख के कटक-शयन में विकल थी। वह रोहतास-दुर्गपति के मंत्री चूड़ामणि की अकेली दुहिता थी, फिर उसके लिए कुछ अभाव होना असंभव था, परन्तु वह विधवा थी—हिंदू-विधवा संसार में सबसे तुच्छ निराश्रय प्राणी है—तब उसकी विडंबना का कहाँ अन्त था?

चूड़ामणि ने चुपचाप उसके प्रकोष्ठ में प्रवेश किया। शोण के प्रवाह में, उसके कल-नाद में, अपना जीवन मिलाने में वह बेसुध थी। पिता का आना न जान सकी। चूड़ामणि व्यथित हो उठे। स्नेह-पालिता पुत्री के लिए क्या करें, यह स्थिर न कर सकते थे। लौटकर बाहर चले गए। ऐसा प्रायः होता, पर आज मंत्री के मन में बड़ी दुश्चिंता थी। पैर सीधे न पड़ते थे।

एक पहर बीत जाने पर वे फिर ममता के पास आए। उस समय उनके पीछे दस सेवक चाँदी के बड़े थालों में कुछ लिये हुए खड़े थे; कितने ही मनुष्यों के पदशब्द सुन ममता ने घूमकर देखा। मंत्री ने सब थालों को रखने का संकेत किया। अनुचर थाल रखकर चले गए।

ममता ने पूछा—"यह क्या है, पिताजी?"

"तेरे लिए बेटी! उपहार है।"—कहकर चूड़ामणि ने उसका आवरण उलट दिया। स्वर्ण का पीलापन उस सुनहली संध्या में विकीर्ण होने लगा। ममता चौंक उठी—

"इतना स्वर्ण! यह कहाँ से आया?"

"चुप रहो ममता, यह तुम्हारे लिए है!"

"तो क्या आपने म्लेच्छ का उत्कोच स्वीकार कर लिया? पिताजी यह अनर्थ है, अर्थ नहीं। लौटा दीजिए। पिताजी! हम लोग ब्राह्मण हैं, इतना सोना लेकर क्या करेंगे?"

"इस पतनोन्मुख प्राचीन सामंत-वंश का अन्त समीप है, बेटी! किसी भी दिन शेरशाह रोहिताश्व पर अधिकार कर सकता है; उस दिन मंत्रित्व न रहेगा, तब के लिए बेटी!"

"हे भगवान्! तब के लिए! विपद के लिए! इतना आयोजन! परम पिता की इच्छा के विरुद्ध इतना साहस! पिताजी, क्या भीख न मिलेगी? क्या कोई हिंदू भू-पृष्ठ पर न बचा रह जाएगा, जो ब्राह्मण को दो मुट्ठी अन्न दे सके? यह असंभव है। फेर दीजिए पिताजी, मैं काँप रही हूँ—इसकी चमक आँखों को अन्धा बना रही है।"

"मूर्ख है"—कहकर चूड़ामणि चले गए।

दूसरे दिन जब डोलियों का ताँता भीतर आ रहा था, ब्राह्मण-मंत्री चूड़ामणि का हृदय धक्-धक् करने लगा। वह अपने को रोक न सका। उसने जाकर रोहिताश्व-दुर्ग के तोरण पर डोलियों का आवरण खुलवाना चाहा। पठानों ने कहा—

"यह महिलाओं का अपमान करना है।"

बात बढ़ गई। तलवारें खिंचीं, ब्राह्मण वहीं मारा गया और राजा-रानी और कोष सब छली शेरशाह के हाथ पड़े; निकल गई ममता। डोली में भरे हुए पठान-सैनिक दुर्ग भर में फैल गए, पर ममता न मिली।

दो

काशी के उत्तर धर्मचक्र विहार, मौर्य और गुप्त सम्राटों की कीर्ति का खंडहर था। भग्न चूड़ा, तृण-गुल्मों से ढके हुए प्राचीर, ईंटों के ढेर से बिखरी हुई भारतीय शिल्प की विभूति, ग्रीष्म की चंद्रिका में अपने को शीतल कर रही थी।

जहाँ पंचवर्गीय भिक्षु गौतम का उपदेश ग्रहण करने के लिए पहले मिले थे, उसी स्तूप के भग्नावशेष की मलिन छाया में एक झोंपड़ी के दीपालोक में एक स्त्री पाठ कर रही थी—

"अनन्याश्चिन्तयन्तो मां ये जनाः पर्युपासते····"

पाठ रुक गया। एक भीषण और हताश आकृति दीप के मन्द प्रकाश में सामने खड़ी थी। स्त्री उठी, उसने कपाट बन्द करना चाहा। परन्तु उस व्यक्ति ने कहा—"माता ! मुझे आश्रय चाहिए।"

"तुम कौन हो ?"—स्त्री ने पूछा।

"मैं मुगल हूँ। चौसा-युद्ध में शेरशाह से विपन्न होकर रक्षा चाहता हूँ। इस रात अब आगे चलने में असमर्थ हूँ।"

"क्या शेरशाह से ?"—स्त्री ने अपने होंठ काट लिये।

"हाँ, माता ?"

"परन्तु तुम भी वैसे ही क्रूर हो, वही भीषण रक्त की प्यास, वही निष्ठुर प्रतिबिम्ब, तुम्हारे मुख पर भी है! सैनिक! मेरी कुटी में स्थान नहीं है। जाओ, कहीं दूसरा आश्रय खोज लो।"

"गला सूख रहा है, साथी छूट गये हैं, अश्व गिर पड़ा है—इतना थका हुआ हूँ—इतना!"—कहते-कहते वह व्यक्ति धम-से बैठ गया और उसके सामने ब्रह्माण्ड घूमने लगा। स्त्री ने सोचा, यह विपत्ति कहाँ से आई! उसने जल दिया, मुगल के प्राणों की रक्षा हुई। वह सोचने लगी—"ये सब विधर्मी दया के पात्र नहीं—मेरे पिता का वध करने वाले आततायी!" घृणा से उसका मन विरक्त हो गया।

स्वस्थ होकर मुगल ने कहा—"माता! तो फिर मैं चला जाऊँ ?"

स्त्री विचार कर रही थी—"मैं ब्राह्मणी हूँ, मुझे तो अपने धर्म—अतिथिदेव की उपासना—का पालन करना चाहिए। परंतु यहा ··· नहीं-नहीं, ये सब विधर्मी दया के पात्र नहीं। परन्तु यह दया तो नहीं ··· कर्तव्य करना है। तब ?"

मुगल अपनी तलवार टेककर उठ खड़ा हुआ। ममता ने कहा—"क्या आश्चर्य है कि तुम भी छल करो; ठहरो।"

"छल! नहीं, तब नहीं—स्त्री! जाता हूँ, तैमूर का वंशधर स्त्री से छल करेगा? जाता हूँ। भाग्य का खेल है।"

"ममता ने मन में कहाँ—यहाँ कौन दुर्ग है! यही झोंपड़ी न; जो चाहे ले-ले, मुझे तो अपना कर्तव्य करना पड़ेगा।" वह बाहर चली

आई और मुग़ल से बोली—"जाओ भीतर, थके हुए भयभीत पथिक! तुम चाहे कोई हो, मैं तुम्हें आश्रय देती हूँ। मैं ब्राह्मण-कुमारी हूँ; सब अपना धर्म छोड़ दें, तो मैं क्यों छोड़ दूँ?" मुग़ल ने चन्द्रमा के मंद प्रकाश में वह महिमामय मुखमंडल देखा, उसने मन-ही-मन नमस्कार किया। ममता पास की टूटी हुई दीवारों में चली गई। भीतर, थके पथिक ने झोंपड़ी में विश्राम किया।

प्रभात में खंडहर की संधि से ममता ने देखा, सैकड़ों अश्वारोही उस प्रांत में घूम रहे हैं। वह अपनी मूर्खता पर अपने को कोसने लगी।

अब उस झोंपड़ी से निकलकर उस पथिक ने कहा—"मिरज़ा! मैं यहाँ हूँ।"

शब्द सुनते ही प्रसन्नता की चीत्कार-ध्वनि से वह प्रांत गूँज उठा। ममता अधिक भयभीत हुई। पथिक ने कहा—"वह स्त्री कहाँ है? उसे खोज निकालो।" ममता छिपने के लिए अधिक सचेष्ट हुई। वह मृग-दाव में चली गई। दिन-भर उसमें से न निकली। संध्या में जब उन लोगों के जाने का उपक्रम हुआ, तो ममता ने सुना, पथिक घोड़े पर सवार होते हुए कह रहा है—"मिरज़ा! उस स्त्री को मैं कुछ दे न सका। उसका घर बनवा देना, क्योंकि मैंने विपत्ति में यहाँ विश्राम पाया था। यह स्थान भूलना मत।"—इसके बाद वे चले गए।

चौसा के मुग़ल-पठान-युद्ध को बहुत दिन बीत गये। ममता अब सत्तर वर्ष की वृद्धा है। वह अपनी झोंपड़ी में एक दिन पड़ी थी। शीतकाल का प्रभात था। उसका जीर्ण-कंकाल खाँसी से गूंज रहा था। ममता की सेवा के लिए गाँव की दो-तीन स्त्रियाँ उसे घेरकर बैठी थीं; क्योंकि वह आजीवन सबके सुख-दुःख की समभागिनी रही।

ममता ने जल पीना चाहा, एक स्त्री ने सीपी से जल पिलाया। सहसा एक अश्वारोही उसी झोंपड़ी के द्वार पर दिखाई पड़ा। वह अपनी धुन में कहने लगा—"मिरज़ा ने जो चित्र बनाकर दिया है, वह तो इसी जगह का होना चाहिए। वह बुढ़िया मर गई होगी, अब किससे पूछूँ कि एक दिन शहंशाह हुमायूँ किस छप्पर के नीचे बैठे थे? यह घटना भी तो सैंतालीस वर्ष से ऊपर की हुई!"

ममता ने अपने विकल कानों से सुना। उसने पास की स्त्री से कहा—"उसे बुलाओ।"

अश्वारोही पास आया। ममता ने रुक-रुककर कहा—"मैं नहीं जानती कि वह शहंशाह था या साधारण मुग़ल, पर एक दिन इसी झोंपड़ी के नीचे वह रहा। मैंने सुना था कि वह मेरा घर बनवाने की आज्ञा दे चुका था! भगवान् ने सुन लिया, मैं आज इसे छोड़े जाती हूँ। अब तुम इसका मकान बनाओ या महल, मैं अपने चिर-विश्राम-गृह में जाती हूँ!"

वह अश्वारोही अवाक् खड़ा था। बुढ़िया के प्राण-पक्षी अनंत में उड़ गए।

वहाँ एक अष्टकोण मन्दिर बना; और उस पर शिलालेख लगाया गया—

"सातों देश के नरेश हुमायूँ ने एक दिन यहाँ विश्राम किया था। उनके पुत्र अकबर ने उनकी स्मृति में यह गगनचुंबी मन्दिर बनाया।"

पर उसमें ममता का कहीं नाम नहीं।

स्वर्ग के खंडहर में

वन्य कुसुमों की झालरें सुख शीतल पवन से विकंपित होकर चारों ओर झूल रही थीं। छोटे-छोटे झरनों की कुल्याएँ कतराती हुई बह रही थीं। लता-वितानों से ढँकी हुई प्राकृतिक गुफाएँ शिल्प रचना-पूर्ण सुंदर प्रकोष्ठ बनातीं, जिनमें पागल कर देने वाली सुगन्ध की लहरें नृत्य करती थीं। स्थान-स्थान पर कुंजों और पुष्पशय्याओं का समारोह, छोटे-छोटे विश्राम-गृह, पान-पात्रों में सुगन्धित मदिरा, भाँति-भाँति के सुस्वादु फल-फूल वाले वृक्षों के झुरमुट, दूध और मधु की नहरों के किनारे गुलाबी बादलों का क्षणिक विश्राम। चाँदनी का निभृत रंगमंच, पुलकित वृक्ष-फूलों पर मधु-मक्खियों की भन्नाहट रह-रहकर पक्षियों की हृदय में चुभने वाली तान, मणिदीपों पर लटकती हुई मुकुलित मालाएँ। तिस पर सौंदर्य के छँटे हुए जोड़ों—रूपवान बालक और बालिकाओं का हृदयहारी हास-विलास! संगीत की अबाध गति में छोटी-छोटी नावों पर उनका जल-विलास! किसकी आँखें यह देखकर भी नशे में न हो जाएँगी—हृदय पागल, इन्द्रियाँ विकल न हो रहेंगी। यही तो स्वर्ग है!

झरने के तट पर बैठे हुए एक बालक ने बालिका से कहा—"मैं भूल-भूल जाता हूँ मीना, हाँ मीना, मैं तुम्हें मीना के नाम से कब तक पुकारूँ!"

"और मैं तुमको गुल कहकर क्यों बुलाऊँ!"

"क्यों मीना, यहाँ भी तो हम लोगों को सुख ही है। है न? अहा, क्या ही सुन्दर स्थान है! हम लोग जैसे एक स्वप्न देख रहे हैं! कहीं दूसरी जगह न भेजे जाएँ, तो क्या ही अच्छा हो।"

"नहीं गुल, मुझे पूर्व-स्मृति विकल कर देती है। कई बरस बीत गए—वह माता के समान दुलार, उस उपासिका की स्नेहमयी करुणा-भरी दृष्टि आँखों में कभी-कभी चुटकी काट लेती है। मुझे तो अच्छा नहीं लगता; बंदी होकर रहना तो स्वर्ग में भी ··· अच्छा, तुम्हें यहाँ रहना नहीं खलता?"

"नहीं मीना, सबके बाद जब मैं तुम्हें अपने पास ही पाता हूँ, तब और किसी आकांक्षा का स्मरण ही नहीं रह जाता। मैं समझता हूँ कि ···"

"तुम ग़लत समझते हो ···"

मीना अभी पूरा कहने न पाई थी कि तितलियों के झुंड के पीछे, उन्हीं के रंग के कौषेय वसन पहने हुए, बालक और बालिकाओं की दौड़ती हुई टोली ने आकर मीना और गुल को घेर लिया।

"जल-विहार के लिए रंगीन मछलियों का खेल खेला जाय।"

एक साथ ही तालियाँ बज उठीं। मीना और गुल को ढकेलते हुए सब उसी कलनादी स्रोत में कूद पड़े। पुलिन की हरी झाड़ियों में से वंशी बजने लगी। मीना और गुल की जोड़ी आगे-आगे और पीछे-पीछे सब बालक-बालिकाओं की टोली तैरने लगी। तीर पर की झुकी डालों के अन्तराल में लुक-छिपकर निकलना, उन कोमल पाणि-पल्लवों से क्षुद्र वीचियों का कटना, सचमुच उसी स्वर्ग में प्राप्त था।

तैरते-तैरते मीना ने कहा—"गुल, यदि मैं बह जाऊँ और डूबने लगूँ?"

"मैं नाव बन जाऊँगा, मीना?"

"और जो मैं यहाँ से सचमुच चली जाऊँ?"

"ऐसा न कहो; फिर मैं क्या करूँगा?"

"क्यों, क्या तुम मेरे साथ न चलोगे?"

इतने में एक दूसरी सुंदरी, जो कुछ पास थी, बोली—"कहाँ चलोगे गुल? मैं भी चलूँगी, उसी कुंज में। अरे देखो, वह कैसा हरा-भरा अन्धकार है!" गुल उसी ओर लक्ष्य करके संतरण करने लगा। बहार उसके साथ तैरने लगी। वे दोनों त्वरित गति से तैर रहे थे, मीना उनका साथ न दे सकी, वह हताश होकर और भी पिछड़ने के लिए धीरे-धीरे तैरने लगी।

बहार और गुल जल से टकराती हुई डालों को पकड़कर विश्राम करने लगे। किसी को समीप में न देखकर बहार ने गुल से कहा—"चलो, हम लोग इसी कुंज में छिप जाएँ।"

वे दोनों उसी झुरमुट में विलीन हो गए।

मीना से एक दूसरी सुंदरी ने पूछा—"गुल किधर गया, तुमने देखा?"

मीना जानकर भी अनजान बन गई। वह दूसरे किनारे की ओर लौटती हुई बोली—"मैं नहीं जानती।"

इतने में एक विशेष संकेत से बजती हुई सीटी सुनाई पड़ी। सब तैरना छोड़कर बाहर निकले। हरा वस्त्र पहने हुए, एक गंभीर मनुष्य के साथ, एक युवक दिखाई पड़ा। युवक की आँखें नशे में रँगीली

हो रही थीं; पैर लड़खड़ा रहे थे। सबने उस प्रौढ़ को देखते ही सिर झुका लिया। वे बोल उठे—"महापुरुष, क्या कोई हमारा अतिथि आया है?"

"हाँ, यह युवक स्वर्ग देखने की इच्छा रखता है"—हरे वस्त्र वाले प्रौढ़ ने कहा।

सबने सिर झुका लिया। फिर एक बार निर्निमेष दृष्टि से मीना की ओर देखा। वह पहाड़ी दुर्ग का भयानक शेख़ था। सचमुच उसे एक आत्म-विस्मृति हो चली। उसने देखा, उसकी कल्पना सत्य में परिणत हो रही है।

"मीना—आह! कितना सरल और निर्दोष सौंदर्य है। मेरे स्वर्ग की सारी माधुरी उसकी भीगी हुई एक लट के बल खाने में बँधी हुई छटपटा रही है।" उसने पुकारा—"मीना!"

मीना पास आकर खड़ी हो गई, और सब उस युवक को छोड़कर एक ओर चल पड़े। केवल मीना शेख़ के पास रह गई।

शेख़ ने कहा—"मीना, तुम मेरे स्वर्ग की रत्न हो।"

मीना काँप रही थी। शेख़ ने उसका ललाट चूम लिया, और कहा—"देखो, तुम किसी भी अतिथि की सेवा करने न जाना। तुम केवल उस द्राक्षा मंडप में बैठकर कभी-कभी गा लिया करो। बैठो, मुझे भी वह अपना गीत सुना दो।"

मीना गाने लगी। उस गीत का तात्पर्य था—"मैं एक भटकी हुई बुलबुल हूँ। हे मेरे अपरिचित कुंज! क्षण-भर मुझे विश्राम करने दोगे? वह मेरा क्रंदन है—मैं सच कहती हूँ यह मेरा रोना है, गाना नहीं। मुझे दम तो लेने दो। आने दो वसंत का वह प्रभात—जब संसार

गुलाबी रंग में नहाकर अपने यौवन में थिरकने लगेगा और तब मैं तुम्हें अपनी एक तान सुनाकर केवल एक तान, इस रजनी विश्राम का मूल्य चुका कर चली जाऊँगी। तब तक अपनी किसी सूखी हुई टूटी डाल पर ही अंधकार बिता लेने दो। मैं एक पथ भूली हुई बुलबुल हूँ!"

शेख़ भूल गया कि मैं ईश्वरीय संदेश-वाहक हूँ, आचार्य, और महापुरुष हूँ। वह एक क्षण के लिए अपने को भूल गया। उसे विश्वास हो गया कि बुलबुल तो नहीं हूँ, पर कोई भूली हुई वस्तु हूँ, यह सोचते-सोचते पागल होकर एक ओर चला गया।

हरियाली से लदा हुआ ढालुवाँ तट था, बीच बहता हुआ वही कलनादी स्रोत यहाँ कुछ गंभीर हो गया था। उस रमणीय प्रदेश के छोटे-से आकाश में मदिरा से भरी हुई घटा छा रही थी। लड़खड़ाते, हाथ-से-हाथ मिलाए, बहार और गुल ऊपर चढ़ रहे थे। गुल अपने आपे में नहीं है, बहार फिर भी सावधान है; वह सहारा देकर उसे ऊपर ले आ रही है।

एक शिला-खंड पर बैठे हुए गुल ने कहा—प्यास लगी है।

बहार पास के विश्राम-गृह में गई, पान-पात्र भर लाई। गुल पीकर मस्त हो रहा था। बोला—"बहार, तुम बड़े वेग से मुझे खींच रही हो; सँभाल सकोगी? देखो, मैं गिरा?"

गुल बहार की गोद में सिर रखकर आँखें बंद किए पड़ा रहा। उसने बहार के यौवन के सुगंध से घबराकर आँखें खोल दीं। उसके गले में हाथ डालकर बोला—"ले चलो, मुझे कहाँ ले चलती हो?"

बहार उस स्वर्ग की अप्सरा थी। विलासिनी बहार एक तीव्र मदिरा

प्याली थी, मकरंद-भरी वायु का झकोर आकर उसमें लहर उठा देता है। वह रूप का उर्मिल सरोवर गुल उन्मत्त था। बहार ने हँसकर पूछा—"यह स्वर्ग छोड़कर कहाँ चलोगे?"

"कहीं दूसरी जगह जहाँ हम हों और तुम।"

"क्यों, यहाँ कोई बाधा है?"

सरल गुल ने कहा—"बाधा! यदि कोई हो? कौन जाने!"

"कौन? मीना?"

"जिसे समझ लो।"

"तो तुम सबकी उपेक्षा करके मुझे—केवल मुझे ही-नहीं ..."

"ऐसा न कहो"—बहार के मुँह पर हाथ रखते हुए गुल ने कहा।

ठीक इसी समय नवागत युवक ने वहाँ आकर उन्हें सचेत कर दिया। बहार ने उठकर उसका स्वागत किया। गुल ने अपनी लाल-लाल आँखों से उसको देखा। वह उठ न सका, केवल मंद-भरी अँगड़ाई ले रहा था। बहार ने युवक से आज्ञा लेकर प्रस्थान किया। युवक गुल के समीप आकर बैठ गया, और उसे गम्भीर दृष्टि से देखने लगा।

गुल ने अभ्यास के अनुसार कहा—"स्वागत, अतिथि!"

"तुम देवकुमार! आह! तुमको कितना खोजा मैंने!"

"देवकुमार? कौन देवकुमार? हाँ, हाँ, स्मरण होता है, पर वह विषैली पृथ्वी की बात क्यों स्मरण दिलाते हो? तुम मर्त्यलोक के प्राणी! भूल जाओ उस निराशा और अभावों की सृष्टि को; देखो आनन्द-निकेतन स्वर्ग का सौन्दर्य!"

"देवकुमार! तुमको भूल गया, तुम भीमपाल के वंशधर हो? तुम

यहाँ बन्दी हो? मूर्ख हो तुम; जिसे तुमने स्वर्ग समझ रखा है, वह तुम्हारे आत्मविस्तार की सीमा है। मैं केवल तुम्हारे ही लिए आया हूँ।"

"तो तुमने भूल की। मैं यहाँ बड़े सुख से हूँ। बहार को बुलाऊँ, कुछ खाओ-पीओ··· कंगाल! स्वर्ग में भी आकर व्यर्थ समय नष्ट करना! संगीत सुनोगे?" युवक हताश हो गया।

गुल ने मन में कहा—"मैं क्या करूं? सब मुझसे रूठ जाते हैं। कहीं सहृदयता नहीं, मुझसे सब अपने मन की कराना चाहते हैं, जैसे मेरे मन नहीं है, हृदय है! प्रेम-आकर्षण! यह स्वर्गीय प्रेम में भी जलन! बहार तिनककर चली गई; मीना? यह पहले ही हट रही थी; तो फिर क्या जलन ही स्वर्ग है?"

गुल को उस युवक के हताश होने पर दया आ गई। यह भी स्मरण हुआ कि वह अतिथि है। उसने कहा—"कहिए, आपकी क्या सेवा करूँ? मीना का गान सुनिएगा? वह स्वर्ग की रानी है!"

युवक ने कहा—"चलो।"

द्राक्षा-मंडप में दोनों पहुँचे। मीना वहाँ बैठी हुई थी। गुल ने कहा—"अतिथि को अपना गान सुनाओ।"

एक निःश्वास लेकर वही बुलबुल का संगीत सुनाने लगी। युवक की आँखें सजल हो गईं, उसने कहा—"सचमुच तुम स्वर्ग की देवी हो!"

"नहीं अतिथि, मैं उस पृथ्वी की प्राणी हूँ—जहाँ कष्टों की पाठशाला है, जहाँ का दु:ख इस स्वर्ग-सुख से भी मनोरम था, जिसका अब कोई समाचार नहीं मिलता"—मीना ने कहा।

"तुम उसकी एक करुण-कथा सुनना चाहो, तो मैं तुम्हें सुनाऊँ!"—युवक ने कहा।

"सुनाइए"—मीना ने कहा।

दो

युवक कहने लगा —

"वाह्लीक, गांधार, कपिसा और उद्यान, मुसलमानों के भयानक आतंक में काँप रहे थे। गांधार के अंतिम आर्य-नरपति भीमपाल के साथ ही, शाहीवंश का सौभाग्य अस्त हो गया। फिर भी उनके बचे हुए वंशधर उद्यान के मंगली दुर्ग में, सुवास्तु की घाटियों में, पर्वत-माला, हिम और जंगलों के आचरण में अपने दिन काट रहे थे। वे स्वतंत्र थे।

"देवपाल एक साहसी राजकुमार था। वह कभी-कभी पूर्व गौरव का स्वप्न देखता हुआ, सिंधु-तट तक घूमा करता। एक दिन अभिसार-प्रदेश का सिंधु-तट वासना के फूलवाले प्रभात में सौरभ की लहरों में झोंके खा रहा था। कुमारी लज्जा स्नान कर रही थी। उसका कलसा तीर पर पड़ा था। देवपाल भी कई बार पहले की तरह आज फिर साहस भरे नेत्रों से उसे देख रहा था। उसकी चंचलता इतने से ही न रुकी, वह बोल उठा—

"उषा के इस शांत आलोक में किसी मधुर कामना से यह भिखारी हृदय हँस रहा था। और मानस-नंदिनी; तुम इठलाती हुई बह चली

हो। वाह रे तुम्हारा इतराना! इसलिए तो जब कोई स्नान करके तुम्हारी लहर की तरह तरल और आर्द्र वस्त्र ओढ़कर, तुम्हारे पथरीले पुलिन में फिसलता हुआ ऊपर चढ़ने लगता है, तब तुम्हारी लहरों में आँसुओं की झालरें लटकने लगती हैं। परन्तु मुझ पर दया नहीं; यह भी कोई बात है!

"तो फिर मैं क्या करूँ? उस क्षण की, उस कण की, सिंधु से, बादलों से, अंतरिक्ष और हिमालय से टहलकर लौट आने की प्रतीक्षा करूँ? और इतना भी न कहोगी कि क़ब तक? बलिहारी!"

"कुमारी लज्जा भीरु थी। वह हृदय के स्पंदनों से अभिभूत हो रही थी। क्षुद्र बीचियों के सदृश काँपने लगी। वह अपना कलसा भी न भर सकी और चल पड़ी। हृदय में गुदगुदी के धक्के लग रहे थे। उसके भी यौवन-काल के स्वर्गीय दिवस थे—फिसल पड़ी। धृष्ट युवक ने उसे सँभालकर अंक में ले लिया।

"कुछ दिन स्वर्गीया स्वप्न चला। जलते हुए प्रभात के मकान तारा देवी ने वह स्वप्न भंग कर दिया। तारा अधिक रूपशालिनी, कश्मीर की रूप-माधुरी थी। देवपाल को कश्मीर से सहायता की भी आशा थी। हतभागिनी लज्जा ने कुमार सुदान की तपोभूमि में अशोक-निर्मित विहार में शरण ली। वह उपासिका, भिक्षुणी, जो कहो, बन गई।

"गौतम की गम्भीर प्रतिमा के चरण-तल में बैठकर उसने निश्चय किया, सब दु:ख है, सब क्षणिक है, सब अनित्य है।"

"सुवास्तु का पुण्य-सलिल उस व्यथित हृदय की मलिनता को धोने लगा। वह एक प्रकार से रोग-मुक्त हो रही थी।"

"एक सुनसान रात्रि थी, स्थविर धर्म-भिक्षु थे नहीं। सहसा कपाट

पर आघात होने लगा और 'खोलो! खोलो!' का शब्द सुनाई पड़ा। विहार में अकेली लज्जा ही थी। साहस करके बोली—

"कौन है?"

"पथिक हूँ, आश्रय चाहिए"—उत्तर मिला।

"तुषारावृत अँधेरा पथ था। हिम गिर रहा था। तारों का पता नहीं, भयानक शील और निर्जन निशीथ। भला ऐसे समय में कौन पथ पर चलेगा? वातायन का परदा हटाने पर भी उपासिका लज्जा झाँककर न देख सकी कि कौन है। उसने अपनी कुभावनाओं से डरकर पूछा—"आप लोग कौन हैं?"

"आहा, तुम उपासिका हो! तुम्हारे हृदय में तो अधिक दया होनी चाहिए। भगवान् की प्रतिमा की छाया में दो अनाथों को आश्रय मिलने का पुण्य दें।"

लज्जा ने अर्गला खोल दी। उसने आश्चर्य से देखा, एक पुरुष अपने बड़े लबादे में आठ-नौ बरस के बालक और बालिका को लिये भीतर गिर पड़ा। तीनों मुमूष हो रहे थे। भूख और शीत में तीनों विकल थे। लज्जा ने कपाट करते हुए अग्नि धधकाकर उसमें एक गंध-द्रव्य डाल दिया। एक बार द्वार खुलने पर जो शीतल पवन का झोंका घुस आया था, वह निर्बल हो चला।

"अतिथि-सत्कार हो जाने पर लज्जा ने उसका परिचय पूछा। आगंतुक ने कहा—'मंगली-दुर्ग के अधिपति देवपाल का मैं भृत्य हूँ। जगद्दाहक चंगेज़ खाँ ने समस्त गांधार प्रदेश को जलाकर, लूट-पाटकर उजाड़ दिया और कल ही इस उद्यान के मंगली दुर्ग पर भी उन लोगों का अधिकार हो गया। देवपाल बंदी हुए, उनकी पत्नी तारादेवी ने

आत्महत्या की। दुर्गपति ने पहले से ही कहा था कि इसको अशोक-विहार में ले जाना, वहाँ की एक उपासिका लज्जा इसके प्राण बचा ले तो कोई आश्चर्य नहीं।

"यह सुनते ही लज्जा की धमनियों में रक्त का तीव्र संचार होने लगा। शीताधिक्य में भी उसे स्वेद आने लगा। उसने बात बदलने के लिए बालिका की ओर देखा। आगंतुक ने कहा—'यह मेरी बालिका है, इसकी माता नहीं है।' लज्जा ने देखा, बालिका का शुभ्र शरीर मलिन वस्त्रों में दमक रहा था। नासिकामूल से कानों के समीप तक भ्रू-युगल की प्रभाव-शालिनी रेखा और उसकी छाया में दो उनींदे कमल संसार से अपने को छिपा लेना चाहते थे। उसका विरागी सौंदर्य, शरद के शुभ्र घन के आवरण में पूर्णिमा के चंद्र-सा आप ही लज्जित था। चेष्टा करके भी लज्जा अपनी मानसिक स्थिति को चंचल होने से न सँभाल सकी। वह—'अच्छा, आप लोग सो रहिए, थके होंगे'—कहती हुई दूसरे प्रकोष्ठ में चली गई।

"लज्जा ने वातायन खोलकर देखा, आकाश स्वच्छ हो रहा था, पार्वत्य प्रदेश के निस्तब्ध गगन में तारों की झिलमिलाहट थी। उन प्रकाश की लहरों में अशोकनिर्मित स्तूप की चूड़ा पर लगा हुआ स्वर्ण का धर्मचक्र जैसे हिल रहा था।

दूसरे दिन जब धर्म-भिक्षु आए, तो उन्होंने इन आगंतुकों को आश्चर्य से देखा, और जब पूरे समाचार सुने, तो और भी उबल पड़े। उन्होंने कहा—'राज-कुटुंब को यहाँ रखकर क्या इस विहार और स्तूप को भी तुम ध्वस्त करना चाहती हो? लज्जा, तुमने यह किस प्रलोभन से किया? चंगेज़ ख़ाँ बौद्ध हैं, संघ का विरोध क्यों करें?'

"स्थविर! किसी को आश्रय देना क्या गौतम के धर्म के विरुद्ध है? मैं स्पष्ट कह देना चाहती हूँ की देवपाल ने मेरे साथ बड़ा अन्याय किया, फिर भी मुझ पर उसका विश्वास था, क्यों था, मैं स्वयं नहीं जान सकी। इसे चाहे मेरी दुर्बलता ही समझ लें, परंतु मैं अपने प्रति विश्वास का किसी को भी दुरुपयोग नहीं करने देना चाहती। देवपाल को मैं अधिक-से-अधिक प्यार करती थी, और भी अब बिलकुल निश्शेष समझकर उस प्रणय का तिरस्कार कर सकूँगी इसमें संदेह है।"—लज्जा ने कहा।

"तो तुम संघ के सिद्धांत से च्युत हो रही हो, इसलिए तुम्हें भी विहार का त्याग करना पड़ेगा।"—धर्म-भिक्षु ने कहा।

लज्जा व्यथित हो उठी थी। बालक के मुख पर देवपाल की स्पष्ट छाया उसे बार-बार उत्तेजित करती, और वह बालिका तो उसे छोड़ना ही न चाहती थी।

उसने साहस करके कहा— 'तब यही अच्छा होगा कि मैं भिक्षुणी होने का ढोंग छोड़कर अनाथों के सुख-दु:ख में सम्मिलित होऊँ।'

उसी रात को वह दोनों बालक-बालिका और विक्रमभृत्य को लेकर, निस्सहाय अवस्था में चल पड़ी। छद्मवेश में यह दल यात्रा कर रहा था। इसे भिक्षा का अवलंब था। वाह्लीक के गिरिव्रज नगर के भग्न पांथ-निवास के टूटे कोने में इन लोगों को आश्रय लेना पड़ा। दिन आहार नहीं छुट सका, दोनों बालकों के संतोष के लिए कुछ बचा था, उसी को खिलाकर सुला दिए गए। लज्जा और विक्रम अनाहार से म्रियमाण अचेत हो गए।

"दूसरे दिन आँखें खुलते ही उन्होंने देखा, तो वह राजकुमार और

बालिका, दोनों ही नहीं! उन दोनों की खोज में ये लोग भी भिन्न-भिन्न दिशा को चल पड़े। एक दिन पता चला कि केकय पहाड़ी दुर्ग के समीप कहीं स्वर्ग है, वहाँ रूपवान बालकों और बालिकाओं को अत्यंत आवश्यकता रहती है···

"और भी सुनोगी पृथ्वी की दु:ख गाथा? क्या करोगी सुनकर, तुम यह जानकर क्या करोगी कि उस उपासिका या विक्रम का फिर क्या हुआ?"

अब मीना से न रहा गया। उसने युवक के गले से लिपटकर कहा—"तो··· तुम्हीं वह उपासिका हो? आहा, सच कह दो।"

गुल की आँखों में अभी नशे का उतार था। उसने अँगड़ाई लेकर एक जँभाई ली और कहा—"बड़े आश्चर्य की बात है। क्यों मीना, अब क्या किया जाय?"

अकस्मात् स्वर्ग के भयानक रक्षियों ने आकर उस युवक को बंदी कर लिया। मीना रोने लगी, गुल चुपचाप खड़ा था, बहार खड़ी हँस रही थी।

सहसा पीछे से आते हुए प्रहरियों के प्रधान ने ललकारा—"मीना और गुल को भी।"

अब उस युवक ने घूमकर देखा; घनी दाढ़ी-मूँछोंवाले प्रधान की आँखों से आँखें मिलीं।

युवक चिल्ला उठा—"देवपाल!"

"कौन! लज्जा? अरे!"

"हाँ, तो देवपाल, इस अपने पुत्र गुल को भी बंदी करो, विधर्मी का कर्त्तव्य यही आज्ञा देता है।"—लज्जा ने कहा।

"ओह !" कहता हुआ देवपाल सिर पकड़कर बैठ गया। क्षण भर में वह उन्मत्त हो उठा और दौड़कर गुल के गले से लिपट गया।

सावधान होने पर देवपाल ने लज्जा को बंदी करने वाले प्रहरी से कहा—"उसे छोड़ दो।"

प्रहरी ने बहार की ओर देखा। उसका गूढ़ संकेत समझकर वह बोल उठा—"मुक्त करने का अधिकार केवल शेख़ को है।"

देवपाल का क्रोध सीमा का अतिक्रम कर चुका था, उसने खड्ग चला दिया। प्रहरी गिरा। उधर बहार 'हत्या !' 'हत्या !' चिल्लाती हुई भागी।

तीन

संसार की विभूति जिस समय चरणों में लोटने लगती है, वही समय पहाड़ी दुर्ग के सिंहासन का था। शेख़ क्षमता की ऐश्वर्य-मंडित मूर्ति था। लज्जा, मीना, गुल और देवपाल बंदी वेश में खड़े थे। भयानक प्रहरी दूर-दूर खड़े, पवन की भी गति जाँच रहे थे। जितना भीषण प्रभाव संभव है, वह शेख़ के उस सभागृह में था। शेख़ ने पूछा—"देवपाल, तुझे इस धर्म पर विश्वास है कि नहीं ?"

"नहीं।"—देवपाल ने उत्तर दिया।

"तब तुमने हमको धोखा दिया ?"

"नहीं, चंगेज़ के बंदी-गृह से छुड़ाने में जब समर-खंड में तुम्हारे अनुचरों ने मेरी सहायता की और मैं तुम्हारे उत्कोच या मूल से क्रीत

हुआ, तब मुझे तुम्हारी आज्ञा पूरी करने की स्वभावत: इच्छा हुई। अपने शत्रु चंगेज़ का ईश्वरीय कोप, चंगेज़ी को नशा करने की एक विकट लालसा मन में खेलने लगी, और मैंने उसकी हत्या की भी। मैं धर्म मानकर कुछ करने गया था, यह समझना भ्रम है।"

"यहाँ तक तो मेरी आज्ञा के अनुसार ही हुआ, परंतु उस अलाउद्दीन की हत्या क्यों की ?—दाँत पीसकर शेख़ ने कहा।

"यह मेरा उससे प्रतिशोध था!" अविचल भाव से देवपाल ने कहा।

"तुम जानते हो कि इस पहाड़ के शेख़ केवल स्वर्ग के ही अधिपति नहीं, प्रत्युत हत्या के दूत भी हैं! "क्रोध से शेख़ ने कहा।

"इसके जानने की मुझे उत्कंठा नहीं है, शेख़! प्राणी-धर्म में मेरा अखंड विश्वास है। अपनी रक्षा करने के लिए, अपने प्रतिशोध के लिए, जो स्वाभाविक जीवन-तत्त्व के सिद्धान्त की अवहेलना करके चुप बैठता है, उसे मृतक, कायर, सजीवता-विहीन, हड्डी-मांस के टुकड़े के अतिरिक्त मैं कुछ नहीं समझता। मनुष्य परिस्थितियों का अंध-भक्त् है, इसलिए, मुझे जो करना था, वह मैंने किया, अब तुम अपना कर्तव्य कर सकते हो।"—देवपाल का स्वर दृढ़ था।

भयानक शेख़ अपनी पूर्ण उत्तेजना से चिल्ला उठा। उसने कहा—"और, तू कौन है स्त्री? तेरा इतना साहस! मुझे ठगना!"

लज्जा अपना बाह्य आवरण फेंकती हुई बोली—"हाँ शेख़, अब आवश्यकता नहीं कि मैं छिपाऊँ, मैं देवपाल की प्रणयिनी हूँ?"

"तो तुम इन सबको ले जाने या बहकाने आई थी, क्यों?"

"आवश्यकता से प्रेरित होकर जैसे अत्यंत कुत्सित मनुष्य धर्माचार्य

बनने का ढोंग कर रहा है, ठीक उसी प्रकार मैं स्त्री होकर भी पुरुष बनी। यह दूसरी बात है कि संसार की सबसे पवित्र वस्तु धर्म की आड़ में आकांक्षा खेलती है। तुम्हारे पास साधन हैं, मेरे पास नहीं, अन्यथा मेरी आवश्यकता किसी से कम न थी।"—लज्जा हाँफ रही थी।

शेख़ ने देखा, वह दृप्त सौन्दर्य! यौवन के ढलने में भी एक तीव्र प्रवाह था—जैसे चाँदनी रात में पहाड़ से झरना गिर रहा हो! एक क्षण के लिए उसकी समस्त उत्तेजना पालतू पशु के समान सौम्य हो गई। उसने कहा—"तुम ठीक मेरे स्वर्ग की रानी होने के योग्य हो। यदि मेरे मत में तुम्हारा विश्वास हो, तो मैं तुम्हें मुक्त कर सकता हूँ। बोलो!"

"स्वर्ग! इस पृथ्वी को स्वर्ग की आवश्यकता क्या है, शेख़? ना, ना, इस पृथ्वी को स्वर्ग के ठेकेदारों से बचाना होगा। पृथ्वी का गौरव स्वर्ग बन जाने से नष्ट हो जाएगा। इसकी स्वाभाविकता साधारण स्थिति में ही रह सकती है। पृथ्वी को केवल वसुन्धरा होकर मानव-जाति के लिए जीने दो, अपनी आकांक्षा के कल्पित स्वर्ग के लिए, क्षुद्र स्वार्थ के लिए इस महती को, इस धरणी को नरक न बनाओ, जिसमें देवता बनने के प्रलोभन में पड़कर मनुष्य राक्षस न बन जाय, शेख़।"—लज्जा ने कहा।

शेख़ पत्थर-भरे बादलों के समान कड़कड़ा उठा। उसने कहा—"ले जाओ, इन दोनों को बन्दी करो। मैं फिर विचार करूँगा; और गुल, तुम लोगों का यह पहला अपराध है, क्षमा करता हूँ, सुनती हो मीना, जाओ अपने कुंज में भागो। इन दोनों को भूल जाओ।"

बहार ने एक दिन गुल से कहा—"चलो, द्राक्षा-मंडप में संगीत का आनन्द लिया जाए।" दोनों स्वर्गीय मदिरा में झूम रहे थे। मीना वहाँ अकेली बैठी उदासी में गा रही थी—

"वही स्वर्ग तो नरक है, जहाँ प्रयजन से विच्छेद है। वही रात प्रलय की है, जिसकी कालिमा में विरह का संयोग है। वह यौवन निष्फल है, जिसका हृदयवान् उपासक नहीं। वह मदिरा हलाहल है, पाप है, जो उन मधुर अधरों की उच्छिष्ट नहीं। वह प्रणय विषाक्त छुरी है, जिसमें कपट है। इसलिए हे जीवन, तू स्वप्न न देख, विस्मृति की निद्रा में सो जा! सुषुप्ति यदि आनंद नहीं, तो दुःखों का अभाव तो है। इस जागरण से—इस आकांक्षा और अभाव के जागरण से—वह निर्द्वद्व सोना कहीं अच्छा है मेरे जीवन!"

बहार का साहस न हुआ कि वह मंडप में पैर धरे, पर गुल, वह तो जैसे मूक था! एक भूल, अपराध और मनोवेदना के निर्जन कानून में भटक रहा था, यद्यपि उसके चरण निश्चल थे। इतने में हलचल मच गई। चारों ओर दौड़-धूप होने लगी। मालूम हुआ, स्वर्ग पर तातार के ख़ान की चढ़ाई है।

बरसों घिरे रहने से स्वर्ग की विभूति निशशेष हो गई थी। स्वर्गीय जीव अनाहार से तड़प रहे थे। तब भी मीना को आहार मिलता। आज शेख़ सामने बैठा था। उसकी प्याली में मदिरा की कुछ अन्तिम बूँदें थीं। जलन की तीव्र पीड़ा से व्याकुल और आहत बहार उधर तड़प रही थी। आज बंदी भी मुक्त कर दिए गए थे। स्वर्ग के विस्तृत प्रांगण में बंदियों के दम तोड़ने की कातर ध्वनि गूँज रही थी। शेख़ ने एक बार उन्हें हँसकर देखा, फिर मीना की ओर देखकर उसने

कहा—"मीना? आज अन्तिम दिन है! इस प्याली में अन्तिम घूँटें हैं, मुझे अपने हाथ से पिला दोगी?"

"बंदी हूँ शेख़! चाहे जो कहो।"

शेख़ एक दीर्घ निश्वास लेकर उठ खड़ा हुआ। उसने अपनी तलवार सँभाली। इतने में द्वार टूट पड़ा, तातारी घुसते हुए दिखलाई पड़े, शेख़ के पास-दुर्बल हाथों से तलवार गिर पड़ी।

द्राक्षा के रूखे कुंज में देवपाल, लज्जा और गुल के शव के पास मीना चुपचाप बैठी थी। उसकी आँखों में न आँसू थे, न ओंठों पर क्रंदन। वह सजीव अनुकंपा, निष्ठुर हो रही थी।

तातारों के सेनापति ने आकर देखा, उस दावाग्नि के अंधड़ में तृण-कुसुम सुरक्षित है। वह अपनी प्रतिहिंसा से अंधा हो रहा था। कड़ककर उसने पूछा—"तू शेख़ की बेटी है?"

मीना ने जैसे मूर्च्छा से आँखें खोलीं। उसने विश्वास-भरी वाणी से कहा—पिता, मैं तुम्हारी लीला हूँ!"

सेनापति विक्रम को उस प्रान्त का शासन मिला; पर मीना उन्हीं स्वर्ग के खंडहरों में उन्मुक्त घूमा करती। जब सेनापति बहुत स्मरण दिलाता, तो वह कह देती—"मैं एक भटकी हुई बुलबुल हूँ। मुझे किसी टूटी डाल पर अंधकार बिता लेने दो! इस रजनी-विश्राम का मूल्य अंतिम तान सुनाकर जाऊँगी।"

मालूम नहीं, उसकी अंतिम तान किसी ने सुनी या नहीं।

भिखारिन

जाह्नवी अपने बालू के कंबल में ठिठुरकर सो रही थी। शीत कुहासा बनकर प्रत्यक्ष हो रहा था। दो-चार लाल धाराएँ प्राची के क्षितिज में बहना चाहती थीं। धार्मिक लोग स्नान करने के लिए आने लगे थे।

निर्मल की माँ स्नान कर रही थी, और वह पंडे के पास बैठा हुआ बड़े कुतूहल से धर्म-भीरु लोगों की स्नान-क्रिया देखकर मुस्करा रहा था। उसकी माँ स्नान करके ऊपर आई। अपनी चादर ओढ़ते हुए स्नेह से उसने निर्मल से पूछा—"क्या तू स्नान न करेगा?"

निर्मल ने कहा—"नहीं माँ, मैं तो धूप निकलने पर घर पर ही स्नान करूँगा।"

पंडाजी ने हँसते हुए कहा—"माता, अबके लड़के पुण्य-धर्म क्या जानें? यह सब तो जब तक आप लोग हैं, तभी तक हैं।"

निर्मल का मुँह लाल हो गया। फिर भी वह चुप रहा। उसकी माँ संकल्प लेकर कुछ दान करने लगी। सहसा जैसे उजाला हो गया—एक धवल दाँतों की श्रेणी अपना भोलापन बिखेर गई—"कुछ हमको दे दो, रानी माँ!"

निर्मल ने देखा, एक चौदह बरस की भिखारिन भीख माँग रही है। पंडाजी झल्लाये, बीच ही में संकल्प अधूरा छोड़कर बोल उठे—"चल हट!"

निर्मल ने कहा—"माँ! कुछ इसे भी दे दो।"

माता ने उधर देखा भी नहीं, परन्तु निर्मल ने उस जीर्ण मलिन वसन में एक दरिद्र हृदय की हँसी को रोते हुए देखा। उस बालिका की आँखों में एक अधूरी कहानी थी। रूखी लटों में सादी उलझन थी, और बरौनियों के अग्रभाग में संकल्प के जलबिन्दु लटक रहे थे, करुणा का दान जैसे होने ही वाला था।

धर्म-परायण निर्मल की माँ स्नान करके निर्मल के साथ चली। भिखारिन को अभी आशा थी, वह भी उन लोगों के साथ चली।

निर्मल एक भावुक युवक था। उसने पूछा—"तुम भीख क्यों माँगती हो?"

भिखारिन की पोटली के चावल फटे कपड़े के छिद्र से गिर रहे थे। उन्हें सँभालते हुए उसने कहा—"बाबूजी, पेट के लिए।"

निर्मल ने कहा—"नौकरी क्यों नहीं करती? माँ, इसे अपने यहाँ रख क्यों नहीं लेती हो? धनिया तो प्राय: आती भी नहीं।"

माता ने गम्भीरता से कहा— "रख लो! कौन जाति है, कैसी है, जाना न सुना; बस रख लो।"

निर्मल ने कहा—"माँ, दरिद्रों की तो एक ही जाति होती है।"

माँ झल्ला उठी, और भिखारिन लौट चली। निर्मल ने देखा, जैसे उमड़ी हुई मेघमाला बिना बरसे हुए लौट गई। उसका जी कचोट उठा। विवश था, माता के साथ चला गया।

"सुने री निर्धन के धन राम! सुने री—"

भैरवी के स्वर, पवन में आंदोलन कर रहे थे। धूप गंगा के वृक्ष पर उजली होकर नाच रही थी। भिखारिन पत्थर की सीढ़ियों पर सूर्य

की ओर मुँह किये गुनगुना रही थी। निर्मल आज अपनी भाभी के संग स्नान करने के लिए आया है। गोद में अपने चार साल के भतीजे को लिये वह भी सीढ़ियों से उतरा। भाभी ने पूछा—"निर्मल! आज क्या तुम भी पुण्य-संचय करोगे?

"क्यों भाभी! जब तुम इस छोटे से बच्चे को इस सरदी में नहला देना धर्म समझती हो, तो मैं ही क्यों वंचित रह जाऊँ?"

सहसा निर्मल चौंक उठा। उसने देखा, बगल में वही भिखारिन बैठी गुनगुना रही है। निर्मल को देखते ही उसने कहा—"बाबूजी, तुम्हारा बच्चा फले-फूले, बहू का सुहाग बना रहे! आज तो मुझे कुछ मिले।"

निर्मल अप्रतिभ हो गया। उसकी भाभी हँसती हुई बोली—"दुर पगली!"

भिखारिन सहम गई। उसके दाँतों का भोलापन गंभीरता के परदे में छिप गया। वह चुप हो गई।

निर्मल ने स्नान किया। सब ऊपर चलने के लिए प्रस्तुत थे। सहसा बादल हट गए, उन्हीं अमल-धवल दाँतों की श्रेणी ने फिर याचना की—"बाबूजी, कुछ मिलेगा?"

"अरे, अभी बाबूजी का ब्याह नहीं हुआ। जब होगा, तब तुझे न्योता देकर बुलावेंगे। तब तक संतोष करके बैठी रह।" भाभी ने हँसकर कहा।

"तुम लोग बड़ी निष्ठुर हो, भाभी! उस दिन माँ से कहा कि इसे नौकर रख लो, तो वह इसकी जाति पूछने लगी; और आज तुम भी हँसी ही कर रही हो!"

निर्मल की बात काटते हुए भिखारिन ने कहा—"बहुजी, तुम्हें देखकर मैं तो यही जानती हूँ कि ब्याह हो गया है। मुझे कुछ न देने के लिए बहाना कर रही हो!"

"मर पगली! बड़ी ढीठ है!" भाभी ने कहा।

"भाभी! उस पर क्रोध न करो। वह क्या जाने, उसकी दृष्टि में सब अमीर और सुखी लोग विवाहित हैं। जाने दो, घर चलें!"

"अच्छा चलो, आज माँ से कहकर इसे तुम्हारे लिए टहलनी रखवा दूँगी।"—कहकर भाभी हँस पड़ी।

युवक-हृदय उत्तेजित हो उठा। बोला—"यह क्या भाभी! मैं तो इससे ब्याह करने के लिए भी प्रस्तुत हो जाऊँगा। तुम व्यंग्य क्यों कर रही हो?"

भाभी अप्रतिभ हो गई। परंतु भिखारिन अपने स्वाभाविक भोलेपन से बोली—"दो दिन माँगने पर भी तुम लोगों से एक पैसा तो देते नहीं बना, फिर क्यों गाली देते हो, बाबू? ब्याह करके निभाना तो बड़ी दूर की बात है!"—भिखारिन भारी मुँह किये लौट चली।

बालक रामू अपनी चालाकी में लगा था! माँ की जेब से छोटी दुअन्नी अपनी छोटी उँगलियों से उसने निकाल ली और भिखारिन की ओर फेंककर बोला—"लेती जाओ, ओ भिखारिन!"

निर्मल और भाभी को रामू की इस दया पर कुछ प्रसन्नता हुई, पर वे प्रकट न कर सके; क्योंकि भिखारिन ऊपर की सीढ़ियों पर चढ़ती हुई गुनगुनाती चली जा रही थी—

"सुने री निर्धन के धन राम!"

अपराधी

वनस्थली के रंगीन संसार में अरुण किरणों ने इठलाते हुए पदार्पण किया और वे चमक उठीं, देखा तो कोमल किसलय और कुसुमों की पंखुरियाँ, वसंत-पवन के पैरों के समान हिल रही थीं। पीले पराग का अंगराग लगने से किरणें पीली पड़ गईं। वसंत का प्रभात था।

युवती कामिनी मालिन का काम करती थी। उसके और कोई न था। वह इस कुसुम-कानन से फूल चुन ले जाती और माला बनाकर बेचती। कभी-कभी उसे उपवास भी करना पड़ता। पर, वह यह काम न छोड़ती। आज भी फूले हुए, कचनार के नीचे बैठी हुई, अर्द्ध-विकसित कामिनी-कुसुमों को बिना बेधे हुए, फंदे देकर माला बना रही थी। भँवर आये, गुनगुना कर चले गए। वसंत के दूतों का संदेश उसने न सुना। मलय-पवन अंचल उड़ाकर, रूखी लटों को बिखराकर, हट गया। मालिन बेसुध थी, वह फंदा बनाती जाती थी और फूलों को फँसाती जाती थी।

द्रुत-गति से दौड़ते हुए अश्व के पद-शब्द ने उसे त्रस्त कर दिया। वह अपनी फूलों की टोकरी उठाकर भयभीत होकर सिर झुकाए खड़ी हो गई। राजकुमार आज अचानक उधर वायु-सेवन के लिए आ गये थे। उन्होंने दूर ही से देखा, समझ गए कि वह युवती त्रस्त है। बलवान अश्व वहीं रुक गया। राजकुमार ने पूछा—"तुम कौन हो ?"

कुरंगी कुमारी के समान बड़ी-बड़ी आँखें उठाकर उसने कहा—"मालिन !"

"क्या तुम माला बनाकर बेचती हो ?"

"हाँ।"

"यहाँ का रक्षक तुम्हें रोकता नहीं ?"

"नहीं, यहाँ कोई रक्षक नहीं है।

"आज तुमने कौन-सी माला बनाई है ?"

"यही कामिनी की माला बना रही थी।"

"तुम्हारा नाम क्या है ?"

"कामिनी।"

"वाह ! अच्छा, तुम इस माला को पूरी करो, मैं लौटकर—उसे लूँगा। डरने पर भी मालिन ढीठ थी। उसने कहा—"धूप निकल आने पर कामिनी का सौरभ कम हो जाएगा।

"मैं शीघ्र आऊँगा"—कहकर राजकुमार चले गए।

मालिन ने माला बना डाली। किरणें प्रतीक्षा में लाल-पीली होकर धवल हो चलीं। राजकुमार लौटकर नहीं आए। तब उसी ओर चली—जिधर राजकुमार गए थे।

युवती बहुत दूर न गई होगी कि राजकुमार लौटकर दूसरे मार्ग से उसी स्थान पर आये। मालिन को देखकर पुकारने लगे—"मालिन ! ओ मालिन !"

दूरागत कोकिल की पुकार-सा वह स्वर उसके कान में पड़ा था वह लौट आई। हाथों में कामिनी की माला लिये वह वन-लक्ष्मी के समान लौटी। राजकुमार उसी दिन-सौंदर्य को सकुतूहल देख रहे थे।

कामिनी ने माला गले में पहना दी। राजकुमार ने अपना कौशेय उष्णीश खोलकर मालिन के ऊपर फेंक दिया। कहा—"जाओ, इसे पहनकर आओ।" आश्चर्य और भय से लताओं की झुरमुट में जाकर उसने आज्ञानुसार कौशेय वसन पहना।

बाहर आई, तो उज्ज्वल किरणें उसके अंग-अंग पर हँसते-हँसते लोट-पोट हो रही थीं। राजकुमार मुसकुराये और कहा—"आज से तुम इस कुसुम-कानन की वन-पालिका हुई हो। स्मरण रखना।"

राजकुमार चले गए। मालिन किंकर्त्तव्यविमूढ़ होकर मधूक-वृक्ष के नीचे बैठ गई।

दो

वसन्त बीत गया। गर्मी जलाकर चली गई। कानन में हरियाली फैल रही थी। श्यामल घटाएँ आकाश में और शस्य-शोभा धरणी पर एक सघन-सौंदर्य का सृजन कर रही थी। वन-पालिका के चारों ओर मयूर घेरकर नाचते थे। संध्या में एक सुन्दर उत्सव हो रहा था। रजनी आई। वन-पालिका के कुटीर को तुमने घेर लिया। मूसलाधार वृष्टि होने लगी। युवती प्रकृति का मद-विह्वल लास्य था। वन-पालिका पर्ण-कुटीर को वातायन से चकित होकर देख रही थी। सहसा बाहर कंपित कंठ से शब्द हुआ—"आश्रय चाहिए!" वन-पालिका ने कहा—"तुम कौन हो?"

"एक अपराधी।"

"तब यहाँ स्थान नहीं है।"

"विचार कर उत्तर दो, कहीं आश्रय न देकर तुम अपराध न कर बैठो।" वन-पालिका विचारने लगी। बाहर से फिर सुनाई पड़ा—"विलम्ब होने से प्राणों की आशंका है।"

वन-पालिका निस्संकोच उठी और उसने द्वार खोल दिया। आगंतुक ने भीतर प्रवेश किया। वह एक बलिष्ठ युवक था, साहस उसकी मुखाकृति थी। वन-पालिका ने पूछा—"तुमने कौन-सा अपराध किया है?"

"बड़ा भारी अपराध है, प्रभात होने पर सुनाऊँगा। इस रात्रि में केवल आश्रय दो।"—कहकर आगंतुक अपना आर्द्र वस्त्र निचोड़ने लगा। उसका स्वर विकृत और वदन नीरस था। अंधकार ने उसे और भी अस्पष्ट बना दिया था।

युवती वन-पालिका व्याकुल होकर प्रभात की प्रतीक्षा करने लगी। सहसा युवक ने उसका हाथ पकड़ लिया। वह त्रस्त हो गई, बोली—"अपराधी, यह क्या?"

"अपराधी हूँ सुंदरी!"—अबकी बार उसका स्वर परिवर्तित था। पागल प्रकृति पर्णकुटी को घेरकर अपनी हँसी में फूटी पड़ती थी। वह कर स्पर्श उन्मादकारी था। कामिनी की धमनियों में बाहर के बरसाती नालों के समान रक्त दौड़ रहा था। युवक के स्वर में परिचय था, परंतु युवती की वासना के कुतूहल ने भय का बहाना खोज लिया! बाहर करकापात के साथ ही बिजली कड़की। वन-पालिका ने दूसरा हाथ युवक के कंठ में डाल दिया।

अंधकार हँसने लगा।

तीन

बहुत दिन बीत गए। कितने ही बरस आए और चले गए। वह कुसुम-कानन—जिसमें मोर, शुक और पिक, फूलों से लदी झाड़ियों में विहार करते थे, अब एक जंगल हो गया। अब राजकुमार वहाँ नहीं आते थे। अब वे स्वयं राजा हैं। सुकुमार पौधे सूख गए। विशालकाय वृक्षों ने अपनी शाखाओं से जकड़ लिया। उस गहन वन में एक कोने में पर्णकुटी थी, उसमें एक स्त्री और उसका पुत्र, दोनों रहते थे।

दोनों बहेलियों का व्यवसाय करते; उसी से उनका जीवन-निर्वाह होता। पक्षियों को फँसाकर नागरिकों के हाथ वह बालक बेचा करता, कभी-कभी मृगशावक भी पकड़ ले आता।

एक दिन वन-पालिका का पुत्र एक सुंदर कुरंग पकड़कर नगर की ओर बेचने के लिए ले गया। उसकी पीठ पर बड़ी अच्छी बूटियाँ थीं। वह दर्शनीय था। राजा का पुत्र अपने टट्टू पर चढ़कर घूमने निकला था, उसके रक्षक साथ थे। राजपुत्र मचल गया। किशोर मूल्य माँगने लगा। रक्षकों ने कुछ देकर उसे छीन लेना चाहा। किशोर ने कुरंग का फंदा ढीला कर दिया। वह छलाँग भरता हुआ निकल गया। राजपुत्र अत्यंत हठी था, वह रोने लगा। रक्षकों ने किशोर को पकड़ लिया। वे उसे राजमंदिर की ओर ले चले।

वातायन से रानी ने देखा, उसका लाल रोता हुआ लौट रहा है। एक आँधी-सी आ गई। रानी ने समाचार सुनकर उस बहेलिए के लड़के को बेतों से पीटे जाने की आज्ञा दी।

किशोर ने बिना रोए-चिल्लाये और आँसू बहाए बेतों की चोट सहन की। उसका सारा अंग क्षत-विक्षत था, पीड़ा से चल नहीं सकता था। मृगया से लौटते हुए राजा ने देखा। एक बार दया तो आई, परन्तु उसका कोई उपयोग न हुआ। रानी की आज्ञा थी। वन-पालिका ने राजा के निकल जाने पर किशोर को गोद में उठा लिया। अपने आँसुओं से घाव धोती हुई, उसने कहा—"आह! वे कितने निर्दयी हैं!"

फिर कई वर्ष बीत गए। नवीन राजपुत्र को मृगया की शिक्षा के लिए, लक्ष्य साधने के लिए, वहीं नगरोपकंठ का वन स्थिर हुआ। वहाँ राजपुत्र हिरणों पर, पक्षियों पर तीर चलाता। वन-पालिका को अब फिर कुछ लाभ होने लगा। हिरणों को हाँकने से, पक्षियों का पता बताने से, कुछ मिल जाता है। परन्तु उसका पुत्र किशोर राजकुमार की गृगया में भाग न लेता।

एक दिन वसंत की उजली धूप में राजा अपने राजपुत्र की मृगया-परीक्षा लेने के लिए, सोलह बरस बाद उस जंगल में आए। राजा का मुँह एक बार विवर्ण हो गया। उस कुसुम कानन के सभी सुकुमार पौधे सूखकर लोप हो गये हैं। उनकी पेड़ियों में कहीं-कहीं दो-एक अंकुर निकल-निकलकर अपने प्राचीन बीज का निर्देश करते थे। राजा स्वप्न के समान उस अतीत की कल्पना कर रहे थे।

अहेरियों के वेश में राजपुत्र और उसके समवयस्क जंगल में आए किशोर भी अपना धनुष लिये एक ओर खड़ा था। कुरंग पर तीर छूटे। किशोर का तीर कुरंग के कंठ को बेधकर राजपुत्र की छाती में घुस गया। राजपुत्र अचेत होकर गिर पड़ा। किशोर पकड़ लिया गया।

इधर वन-पालिका राजा के आने का समाचार सुनकर फूल खोजने

लगी थी। उस जंगल में अब कामिनी-कुसुम नहीं थे। उसने मधूक और दूर्वा की सुन्दर माला बनाई, यही उसे मिले थे।

राजा क्रोध से उन्मत्त थे। प्रतिहिंसा से कड़ककर बोले—मारो।—बधिकों के तीर छूटे? वह कमनीय-कलेवर किशोर पृथ्वी पर लोटने लगा। ठीक उसी समय मधूक-मालिका लिये वन-पालिका राजा के सामने पहुँची।

कठोर नियति जब अपना विधान पूर्ण कर चुकी थी, तब कामिनी किशोर के शव के पास पहुँची! पागल-सी उसने माला राजा के ऊपर फेंकी और किशोर को गोद में बैठा लिया। उसकी निश्चेष्ट आँखें मौन भाषा में जैसे माँ-माँ कह रही थीं! उसने हृदय में घुस जाने वाली आँखों से एक बार राजा की ओर देखा। और भी देखा—राजपुत्र का शव!

राजा एक बार आकाश और पृथ्वी के बीच में हो गए। जैसे वह कहाँ-से-कहाँ चले आए। राजपुत्र का शोक और क्रोध, बहती हुई बरसाती नदी की धारा में बुलबुले के समान बह गया। उनका हृदय विषय-शून्य हो गया। एक बार सचेत होकर उन्होंने देखा और पहचाना—अपना वही—"जीर्ण कौशेय उष्णीश।"—"वन-पालिका!"

"राजा"—कामिनी की आँखों में आँसू नहीं थे।

"यह कौन था?"

गंभीर स्वर में सर नीचा किए वन-पालिका ने कहा—"अपराधी।"

छोटा जादूगर

कार्निवल के मैदान में बिजली जगमगा रही थी। हँसी और विनोद का कलनाद गूँज रहा था। मैं खड़ा था। उस छोटे फुहारे के पास, जहाँ एक लड़का चुपचाप शराब पीनेवालों को देख रहा था। उसके गले में फटे कुरते के ऊपर से एक मोटी-सी सूत की रस्सी पड़ी थी और जेब में कुछ ताश के पत्ते थे। उसके मुँह पर गंभीर विषाद के साथ धैर्य की रेखा थी। मैं उसकी ओर न जाने क्यों आकर्षित हुआ। उसके अभाव में भी सम्पूर्णता थी। मैंने पूछा—"क्यों जी, तुमने इसमें क्या देखा?"

"मैंने सब देखा है। यहाँ चूड़ी फेंकते हैं। खिलौनों पर निशाना लगाते हैं। तीर से नम्बर छेदते हैं। मुझे तो खिलौनों पर निशाना लगाना अच्छा मालूम हुआ। जादूगर तो बिलकुल निकम्मा है। उससे अच्छा तो ताश का खेल मैं ही दिखा सकता हूँ।"—उसने बड़ी प्रगल्भता से कहा। उसकी वाणी में कहीं रुकावट न थी?

मैंने पूछा—"और उस परदे में क्या है? वहाँ तुम गए थे?"

"नहीं, वहाँ मैं नहीं जा सका। टिकट लगता है।"

मैंने कहा—"तो चल, मैं वहाँ पर तुमको लिवा चलूँ।" मैंने मन-ही-मन कहा—"भाई! आज के तुम्हीं मित्र रहे।"

उसने कहा—"वहाँ जाकर क्या कीजिएगा? चलिए, निशाना लगाया जाय।"

मैंने उससे सहमत होकर कहा—"तो फिर चलो, पहले शरबत पी लिया जाय।" उसने स्वीकार-सूचक सिर हिला दिया।

मनुष्यों की भीड़ से जाड़े की संध्या भी वहाँ गर्म हो रही थी। हम दोनों शरबत पीकर निशाना लगाने चले। राह में ही उससे पूछा—"तुम्हारे और कौन हैं?"

"माँ और बाबूजी।"

"उन्होंने तुमको यहाँ आने के लिए मना नहीं किया?"

"बाबूजी जेल में हैं।"

"क्यों?"

"देश के लिए।"—वह गर्व से बोला।

"और तुम्हारी माँ?"

"वह बीमार हैं।"

"और तुम तमाशा देख रहे हो?"

उसके मुँह पर तिरस्कार की हँसी फूट पड़ी। उसने कहा—"तमाशा देखने नहीं, दिखाने निकला हूँ। कुछ पैसे ले जाऊँगा, तो माँ को पथ्य दूँगा। मुझे शरबत न पिलाकर आपने मेरा खेल देखकर मुझे कुछ दे दिया होता, तो मुझे अधिक प्रसन्नता होती!"

मैं आश्चर्य से उस तेरह-चौदह वर्ष के लड़के को देखने लगा।

"हाँ, मैं सच कहता हूँ बाबूजी! माँ जी बीमार हैं; इसलिए मैं नहीं गया।"

"कहाँ?"

"जेल में! जब कुछ लोग खेल-तमाशा देखते ही हैं, तो मैं क्यों न दिखाकर माँ की दवा करूँ और अपना पेट भरूँ।"

मैंने दीर्घ निश्वास लिया। चारों ओर बिजली के लट्टू नाच रहे थे। मन व्यग्र हो उठा। मैंने उससे कहा—"अच्छा चलो, निशाना लगाया जाय।"

हम दोनों उस जगह पर पहुँचे, जहाँ खिलौने को गेंद से गिराया जाता था। मैंने बारह टिकट ख़रीदकर उस लड़के को दिए।

वह निकला पक्का निशानेबाज़। उसका कोई गेंद ख़ाली नहीं गया। देखने-वाले दंग रह गये। उसने बारह खिलौनों को बटोर लिया; लेकिन उठाता कैसे? कुछ मेरे रूमाल में बँधे, कुछ जेब में रख लिए गए।

लड़के ने कहा—"बाबूजी, आपको तमाशा दिखाऊँगा। बाहर आइए, मैं चलता हूँ।" वह नौ-दो ग्यारह हो गया। मैंने मन-ही-मन कहा—"इतनी जल्दी आँख बदल गयी।"

मैं घूमकर पान की दुकान पर आ गया। पान खाकर बड़ी देर तक इधर-उधर टहलता देखता रहा। झूले के पास लोगों का ऊपर-नीचे आना देखने लगा। अकस्मात् किसी ने ऊपर के हिंडोले से पुकारा —"बाबूजी!"

मैंने पूछा—"कौन?"

"मैं हूँ छोटा जादूगर।"

कलकत्ते के सुरम्य बोटानिकल-उद्यान में लाल कमलिनी से भरी हुई एक छोटी-सी-झील के किनारे घने वृक्षों की छाया में अपनी मंडली के साथ बैठा हुआ मैं जलपान कर रहा था। बातें हो रही थीं। इतने में वही छोटा जादूगर दिखाई पड़ा। हाथ में चारख़ाने की खादी का झोला। साफ़ जाँघिया और आधी बाँहों का कुरता। सिर पर मेरा रूमाल

सूत की रस्सी से बँधा हुआ था। मस्तानी चाल से झूमता हुआ आकर कहने लगा—

"बाबूजी, नमस्ते ! आज कहिए, तो खेल दिखाऊँ।"

"नहीं जी, अभी हम लोग जलपान कर रहे हैं।"

"फिर इसके बाद क्या गाना-बजाना होगा, बाबूजी ?"

"नहीं जी—तुमको ...", क्रोध से मैं कुछ और कहने जा रहा था। श्रीमती ने कहा—"दिखलाओ जी, तुम तो अच्छे आए। भला, कुछ मन तो बहले।" मैं चुप हो गया; क्योंकि श्रीमती की वाणी में वह माँ की-सी मिठास थी, जिसके सामने किसी भी लड़के को रोका जा नहीं सकता। उसने खेल आरम्भ किया।

उस दिन कार्निवल के सब खिलौने उसके खेल में अपना अभिनय करने लगे। भालू मनाने लगा। बिल्ली रूठने लगी। बन्दर घुड़कने लगा।

गुड़िया का ब्याह हुआ। गुड्डा वर काना निकला। लड़के की वाचालता से ही अभिनय हो रहा था। सब हँसते-हँसते लोट-पोट हो गए।

मैं सोच रहा था। बालक को आवश्यकता ने कितना शीघ्र चतुर बना दिया। यही तो संसार है।

ताश के सब पत्ते लाल हो गए। फिर सब काले हो गए। गले की सूत की डोरी टुकड़े-टुकड़े होकर जुट गई। लट्टू अपने से नाच रहे थे। मैंने कहा—"अब हो चुका। अपना खेल बटोर लो, हम लोग भी अब जाएँगे।"

श्रीमती जी ने धीरे से उसे एक रुपया दे दिया वह उछल उठा।

मैंने कहा—"लड़के!"

"छोटा जादूगर कहिए। यही मेरा नाम है। इसी से मेरी जीविका है।"

मैं कुछ बोलना ही चाहता था कि श्रीमती ने कहा—"अच्छा, तुम इस रुपये से क्या करोगे?"

"पहले भर पेट पकौड़ी खाऊँगा। फिर एक सूती कम्बल लूँगा।"

मेरा क्रोध अब लौट आया। मैं अपने पर बहुत क्रुद्ध होकर सोचने लगा—"ओह! कितना स्वार्थी हूँ मैं। उसके एक रुपए पाने पर मैं ईर्ष्या करने लगा था न!"

वह नमस्कार करके चला गया। हम लोग लता-कुंज देखने के लिए चले।

उस छोटे-से बनावटी जंगल में संध्या साँय-साँय करने लगी थी। अस्ताचलगामी सूर्य की अंतिम किरण वृक्षों की पत्तियों से विदाई ले रही थी। एक शांत वातावरण था। हम लोग धीरे-धीरे मोटर से हावड़ा की ओर आ रहे थे।

रह-रहकर छोटा जादूगर स्मरण होता था। सचमुच वह एक झोंपड़ी के पास कम्बल कन्धे पर डाले खड़ा था। मैंने मोटर रोककर उससे पूछा—"तुम यहाँ कहाँ?"

"मेरी माँ यहीं हैं न! अब उसे अस्पताल वालों ने निकाल दिया है।" मैं उतर गया। उस झोंपड़ी में देखा, तो एक स्त्री चिथड़ों से लदी हुई काँप रही थी।

छोटे जादूगर ने कम्बल ऊपर से डालकर उसके शरीर से चिमटते हुए कहा, "माँ!"

मेरी आँखों से आँसू निकल पड़े।

बड़े दिन की छुट्टी बीत चली थी। मुझे अपने ऑफ़िस में समय से पहुँचना था। कलकत्ते से मन ऊब गया था। फिर भी चलते-चलते एक बार उस उद्यान को देखने की इच्छा हुई। साथ-ही-साथ जादूगर भी दिखाई पड़ जाता, तो और भी··· मैं उस दिन अकेले ही चल पड़ा। जल्द लौट आना था।

दस बज चुके थे। मैंने देखा कि उस निर्मल धूप में सड़क के किनारे एक कपड़े पर छोटे जादूगर का रंगमंच सजा था। मोटर रोककर उतर पड़ा। वहाँ बिल्ली रूठ रही थी। भालू मनाने चला था। ब्याह की तैयारी थी; यह सब होते हुए भी जादूगर की वाणी में वह प्रसन्नता की तरी नहीं थी। जब वह औरों को हँसाने की चेष्टा कर रहा था, तब जैसे स्वयं काँप जाता था। मानो उसके रोएँ रो रहे थे। मैं आश्चर्य से देख रहा था। खेल हो जाने पर पैसा बटोरकर उसने भीड़ में मुझे देखा। वह जैसे क्षण-भर के लिए स्फूर्तिमान हो गया। मैंने उसकी पीठ थपथपाते हुए पूछा—"आज तुम्हारा खेल जमा क्यों नहीं?"

"माँ ने कहा है कि आज तुरन्त चले आना। मेरी घड़ी समीप है।"—अविचल भाव से उसने कहा।

"तब भी तुम खेल दिखलाने चले आए!" मैंने कुछ क्रोध से कहा। मनुष्य के सुख-दु:ख का माप अपना ही साधन तो है। उसी के अनुपात से वह तुलना करता है।

उसके मुँह पर वही परिचित तिरस्कार की रेखा फूट पड़ी।

उसने कहा—"न क्यों आता!"

और कुछ अधिक कहने में जैसे वह अपमान का अनुभव कर रहा था।

क्षण-भर में मुझे अपनी भूल मालूम हो गई। उसके झोले को गाड़ी में फेंककर उसे भी बैठाते हुए मैंने कहा—"जल्दी चलो।" मोटर वाला मेरे बताए हुए पथ पर चल पड़ा।

कुछ ही मिनटों में मैं झोंपड़े के पास पहुँचा। जादूगर दौड़कर झोंपड़े में माँ-माँ पुकारते हुए घुसा। मैं भी पीछे था; किन्तु स्त्री के मुँह से, 'बें···' निकलकर रह गया। उसके दुर्बल हाथ उठकर गिरे। जादूगर उससे लिपटा रो रहा था, मैं स्तब्ध था। उस उज्ज्वल धूप में समग्र संसार जैसे जादू-सा मेरे चारों ओर नृत्य करने लगा।

परिवर्तन

चन्द्रदेव ने एक दिन इस जनाकीर्ण संसार में अपने को अकस्मात् ही समाज के लिए अत्यन्त आवश्यक मनुष्य समझ लिया और समाज भी उसकी आवश्यकता का अनुभव करने लगा। छोटे-से उपनगर में, प्रयाग विश्वविद्यालय से लौटकर, जब उसने अपनी

ज्ञान-गरिमा का प्रभाव, वहाँ के सीधे-सादे निवासियों पर डाला, तो लोग आश्चर्य-चकित होकर सम्भ्रम से उसकी ओर देखने लगे, जैसे कोई जौहरी हीरा-पन्ना परखता हो। उसकी थोड़ी-सी सम्पत्ति, बिसातख़ाने की दुकान और रुपयों का लेन-देन, और उसका शारीरिक गठन सौन्दर्य का सहायक बन गया था।

कुछ लोग तो आश्चर्य करते थे कि वह कहीं का जज और कलेक्टर न होकर यह छोटी-सी दुकानदारी क्यों चला रहा है, किन्तु बातों में चन्द्रदेव स्वतन्त्र व्यवसाय की प्रशंसा के पुल बाँध देता और नौकरी की नरक से उपमा दे देता, तब उसकी कर्तव्य-परायणता का वास्तविक मूल्य लोगों की समझ में आ जाता।

यह तो हुई बाहर की बात। भीतर अपने अन्त:करण में चन्द्रदेव इस बात को अच्छी तरह तोल चुका था कि जज-कलेक्टर तो क्या, वह कहीं 'किरानी' होने की भी क्षमता नहीं रखता था। तब थोड़ा-सा विनय और त्याग का यश लेते हुए संसार के सहज-लब्ध सुख को वह क्यों छोड़ दे? अध्यापकों के रटे हुए व्याख्यान उसके कानों में अभी गूँज रहे थे। पवित्रता, मलिनता, पुण्य और पाप उसके लिए गम्भीर प्रश्न न थे। वह तर्कों के बल पर उनसे नित्य खिलवाड़ किया करता और भीतर घर में जो एक सुन्दरी स्त्री थी, उसके प्रति अपने सम्पूर्ण असन्तोष को दार्शनिक वातावरण में ढँककर निर्मल वैराग्य की, संसार से निर्लिप्त रहने की चर्चा भी उन भोले-भाले सहयोगियों में किया ही करता।

चन्द्रदेव की इस प्रकृति से ऊबकर उसकी पत्नी मालती प्राय: अपनी माँ के पास अधिक रहने लगी; किन्तु जब लौटकर आती, तो गृहस्थी

में उसी कृत्रिम वैराग्य का अभिनय उसे खला करता। चन्द्रदेव ग्यारह बजे तक दुकान का काम देखकर, गप लड़ाकर, उपदेश देखकर और व्याख्यान सुनाकर जब घर में आता, तब एक बड़ी दयनीय परिस्थिति उत्पन्न होकर उस साधारणत: सजे हुए मालती के कमरे को और भी मलिन बना देती। फिर तो मालती मुँह ढँककर आँसू गिराने के अतिरिक्त और कर ही क्या सकती थी? यद्यपि चन्द्रदेव का बाह्य आचरण उसके चरित्र के सम्बन्ध में सशंक होने का किसी को अवसर नहीं देता था, तथापि मालती अपनी चादर से ढँके हुए अन्धकार में अपनी मौत की कल्पना करने के लिए स्वतन्त्र थी ही।

वह धीरे-धीरे रुग्णा हो गयी।

दो

एक दिन चन्द्रदेव के पास बैठने वालों ने सुना कि वह कहीं बाहर जाने वाला है। दूसरे दिन चन्द्रदेव की स्त्री-भक्ति की चर्चा छिड़ी। सब लोग कहने लगे—"चन्द्रदेव कितना उदार, सहृदय व्यक्ति हैं। स्त्री के स्वास्थ्य के लिए कौन इतना रुपया ख़र्च करके पहाड़ जाता है। कम-से-कम ... नगर में तो कोई भी नहीं।"

चन्द्रदेव ने बहुत गम्भीरता से मित्रों में कहा—"भाई, क्या करूँ, मालती को जब यक्ष्मा हो गया है, तब तो पहाड़ लिवा जाना अनिवार्य है। रुपया-पैसा तो आता-जाता रहेगा।" सब लोगों ने इसका समर्थन किया।

चन्द्रदेव पहाड़ चलने को प्रस्तुत हुआ। विवश होकर मालती को भी जाना ही पड़ा। लोक-लाज भी तो कुछ है। और जब कि सम्मानपूर्वक पति अपना कर्तव्य पालन कर रहा हो तो स्त्री अस्वीकार कैसे कर सकती?

इस एकान्त में जब कि पति और पत्नी दोनों ही एक-दूसरे के सामने चौबीसों घंटे रहने लगे, तब आवरण का व्यापार अधिक नहीं चल सकता था। बाध्य होकर चन्द्रदेव को सहायता-तत्पर बनना पड़ा। सहायता में तत्पर होना सामाजिक प्राणी का जन्म-सिद्ध स्वभाव, संभवत: मनुष्यता का पूर्ण निदर्शन है। परन्तु चन्द्रदेव के पास तो दूसरा उपाय ही नहीं था; इसलिए सहायता का बाह्य प्रदर्शन धीरे-धीरे वास्तविक होने लगा।

एक दिन मालती चीड़ के वृक्ष की छाया में बैठी हुई बादलों की दौड़-धूप देख रही थी और मन-ही-मन विचार कर रही थी चन्द्रदेव के सेवा-अभिनय पर। सहसा उसका भी जी भर आया। वह पहाड़ी रंगीन संध्या की तरह किसी मानसिक वेदना से लाल-पीली हो उठी। उसे अपने ऊपर क्रोध आया। उसी समय चन्द्रदेव ने जो उससे कुछ दूर बैठा था, पुकारकर कहा—"मालती, अब चलो न! थक गयी हो न!"

"वहीं सामने तो पहुँचना है, तुम्हें जल्दी हो चले जाओ, 'बूटी' को भेज दो, मैं उसके साथ चली जाऊँगी।"

"अच्छा" कहकर चन्द्रदेव आज्ञाकारी अनुचर की तरह चला। वह तनिक भी विरोध करके अपने स्नेह-प्रदर्शन में कमी करना नहीं चाहता था। मालती अविचल बैठी रही। थोड़ी देर में बूटी आयी; परन्तु मालती

को उसके आने में विलम्ब समझ पड़ा। वह इसके पहले भी पहुँच सकती थी। मालती के लिए पहाड़ी युवती बूटी, परिचारिका के रूप में रख ली गयी थी। यह नाटी-सी गोल-मटोल स्त्री गेंद की तरह उछलती चलती थी। बात-बात पर हँसती और फिर उस हँसी को छिपाने का प्रयत्न करती रहती। बूटी ने कहा—

"चलिए, अब तो किरनें डूब रही हैं, और मुझे भी काम निपटाकर छुट्टी पर जाना है।"

"छुट्टी !" आश्चर्य से झल्लाकर मालती ने कहा।

"हाँ, अब मैं काम न करूँगी !"

"क्यों ? तुझे क्या हो गया बूटी !"

"मेरा ब्याह इसी महीने में हो जाएगा।"—कहते हुए उस स्वतन्त्र युवती ने हँस दिया। 'वन की हरिणी अपने आप जाल में फँसने क्यों जा रही है?' मालती को आश्चर्य हुआ। उसने चलते-चलते पूछा—"भला, तुझे दूल्हा कहाँ से मिल गया ?"

"ओहो, तब आप क्या जानें कि हम लोगों के ब्याह की बात पक्की हुए आठ बरस हो गए? नीलधर चला गया था, लखनऊ कमाने, और मैंने भी हर साल यहीं नौकरी करके कुछ-न-कुछ यही पाँच सौ रुपये बचा लिए हैं। अब वह भी एक हज़ार और गहने लेकर परसों पहुँच जाएगा। फिर हम लोग ऊँचे पहाड़ पर अपने गाँव में चले जाएँगे। वहीं हम लोगों का घर बसेगा। खेती कर लूँगी। बाल-बच्चों के लिए भी तो कुछ चाहिए। फिर चाहिए बुढ़ापे के लिए, जो इन पहाड़ों में कष्टपूर्वक जीवन-यात्रा के लिए अत्यन्त आवश्यक है।"

वह प्रसन्नता से बातें करती, उछलती हुई चली जा रही थी और मालती हाँफने लगी थी। मालती ने कहा—"तो क्यों दौड़ी जा रही है? अभी ही तेरा दूल्हा नहीं मिला जा रहा है।"

तीन

कमरे के दोनों ओर पलँग बिछे थे। मच्छरदानी में दो व्यक्ति सोने का अभिनय कर रहे थे। चन्द्रदेव सोच रहे थे—'यह बूटी! अपनी कमाई से घर बसाने जा रही है। कितना प्रगाढ़ प्रेम इन दोनों में होगा? और मालती! बिना कुछ हाथ-पैर हिलाए-डुलाए अपनी सम्पूर्ण शक्ति से निष्क्रिय प्रतिरोध करती हुई, सुखभोग करने पर भी असन्तुष्ट!' चन्द्रदेव था तार्किक। वह सोचने लगा, 'तब क्या मुझे इसे प्रसन्न करने की चेष्टा छोड़ देनी चाहिए? मरे चाहे जिये! मैंने क्या नहीं किया इसके लिए, फिर भी भौंहें चढ़ी ही रहें, तो मैं क्या करूँ? मुझे क्या मिलता है इस हृदयहीन बोझ को ढोने से! बस, अब मैं घर चलूंगा। फिर-मालती के···बाद एक दूसरी स्त्री! अरे! वह कितनी आज्ञाकारिणी—किन्तु क्या यह मर जाएगी! मनुष्य कितना स्वार्थी है। फिर मैं ही क्यों नहीं मर जाऊँ। किन्तु पहले कौन मरे? मेरे मर जाने पर वह जीती रहेगी। इसके लिए लोग कितने तरह के कलंक, कितनी बुराई की बातें सोचेंगे। और यही जाने क्या कर बैठे! तब इसे तो लज्जित होना ही पड़ेगा। मुझे ही स्वर्ग में कितना अपमान भोगना पड़ेगा! मालती के मरने पर लोकापवाद से

मुक्त मैं दूसरा ब्याह करूँगा। और पतिव्रता मालती स्वर्ग में भी मेरी शुभ-कामना करेगी। तो फिर यही ठीक रहा। मान की रक्षा के लिए लोग कितने बड़े-बड़े बलिदान कर चुके हैं। क्या मैं उनका अनुकरण नहीं कर सकता! मालती सम्मान की वेदी पर बलि चढ़े। वही—पहले मरे—फिर देखा जाएगा! राम की तरह एक पत्नीव्रत कर सकूँगा, तो कर लूँगा, नहीं तो उँहूँ—'

चन्द्रदेव की खुली आँखों के सामने मच्छरदानी के जालीदार कपड़े पर एक चित्र खिंचा—एक युवती मुस्कराती हुई चाय की प्याली बढ़ा रही है। चन्द्रदेव ने न पीने की सूचना पहले ही दे दी थी। फिर भी उसके अनुनय में बड़ी तरावट थी। उस युवती के रोम-रोम कहते थे, 'ले-लो!'

चन्द्रदेव यह स्वप्न देखकर निश्चिन्त सो गया। उसने अपने बनावटी उपचार का—सेवा-भाव का अन्त कर लिया था।

दूसरी मच्छरदानी में थकी हुई मालती थी। सोने के पहले उसे अपने ही ऊपर रोष आ गया था—'वह क्यों न ऐसी हुई कि चन्द्रदेव उसके चरणों में लोटता, उसके मान को, उसके प्रणयरोष को धीरे-धीरे सहलाया करता! तब क्या वैसी होने की चेष्टा करें; किन्तु अब करके क्या होगा? जब यौवन का उल्लास था, कुसुम में मकरन्द था, चाँदनी पर मेघ की छाया न थी, आकर्षण और आदर की पात्र बन सकती है। उसका यौवन ढालवें पथ की ओर मुँह किए है, फिर भी उसमें कितना उल्लास है!

'यह आत्म-विश्वास! यही तो जीवन है; किन्तु, क्या मैं पा सकती हूँ! क्या मेरे अंग फिर से गुदगुदे हो जाएँगे। लाली दौड़ आवेगी?

हृदय में उच्छृंखल उल्लास, हँसी से भरा आनन्द नाचने लगेगा?' उसने एक बार अपने दुर्बल हाथों को उठाकर देखा कि चूड़ियाँ कलाई से बहुत नीचे खिसक आयी थी। सहसा उसे स्मरण हुआ कि वह बूटी से अभी दो बरस छोटी है। दो बरस में वह स्वस्थ, सुन्दर, हृष्ट-पुष्ट और हँसमुख हो सकती है, होकर रहेगी। वह मरेगी नहीं। ना, कभी नहीं, चन्द्रदेव को दूसरे का न होने देगी। विचार करते-करते फिर सो गयी।

सवेरे दोनों मच्छरदानियां उठीं। चन्द्रदेव ने मालती को देखा—वह प्रसन्न थी। उसके कपोलों का रंग बदल गया था। उसे भ्रम हुआ, 'क्या?' उसने आँखें मिच-मिचाकर फिर देखा! इस क्रिया पर मालती हँस पड़ी। चन्द्रदेव झल्लाकर उठ बैठा। वह कहना चाहता था कि "मैं चलना चाहता हूँ। रुपए का अभाव है! कब तक यहाँ पहाड़ पर पड़ा रहूँगा? तुम्हारा अच्छा होना असम्भव है। मजूरनी भी छोड़कर चली गई। और भी अनेक असुविधाएँ हैं। मैं तो चलूँगा!"

परन्तु वह कह न पाया। कुछ सोच रहा था। निष्ठुर प्रहार करने में हिचक रहा था। सहसा मालती पास चली आई। मच्छरदानी उठाकर मुस्कराती हुई बोली—"चलो, घर चलें! अब तो मैं अच्छी हूँ?"

चन्द्रदेव ने आश्चर्य से देखा कि—मालती दुर्बल है—किन्तु रोग के लक्षण नहीं रहे। उसके अंग-अंग पर स्वाभाविक रंग प्रसन्नता बनकर खेल रहा था!

•••